九重家献立暦

白川紺子

講談社
タイガ

イラスト――慧子
デザイン――坂野公一（welle design）

目次

九重家献立暦

第一章

花冷《はなび》えと菜飯《なめし》田楽《でんがく》

母が家を出ていったのは、わたしが小学六年生のときだ。

卒業式の日だった。

ただ出ていったのではない。母は、男と駆け落ちしていた。相手は同級生の父親だった。以来、どこでなにをしているのだか知らない。わたしに残されたのは、古ぼけた大きな屋敷《やしき》と、母の養母である千代子《ちよこ》さんと、母によく似たこの顔だった。父親はもとからいない。

長ずるにつれて、わたしの顔はますます母に似てくるようだった。卵形の輪郭《りんかく》、白くやわらかな肌、アーモンド形の目。白目は青白く澄んで、瞳《ひとみ》は黒々としている。

母はいなくなったけれど、そのためにかえって母の存在はどこまでもわたしに祟《たた》った。中学生のときに担任がストーカーと化したときも、高校生のときに痴話ゲンカに巻きこまれたときも、ひっそりと耳に入ったのは「あの子のお母さんってね……」というささやきだった。母親があれだから、娘も男を惑わすのだ、という話だ。わたしのそばに母はいないのに、わたしと母は切り離されることはない。わたしがこの顔でこの土地に住むかぎり、わたしは母の亡霊だ。そう思ったから大学は県外を選んで、家を出た。古い木のにおいが染《し》みついた、あの家。千代子さんが毎朝、仏壇に水とご飯を供え、神棚の榊《さかき》の水を替え、昔からの習わしやまじないを頑迷に守りつづけている家。

戻るつもりはなかった。あの電話が、かかってくるまでは。

電話をかけてきたのは、喜夫《よしお》おじさんだった。底冷えする二月の初め、節分《せつぶん》の翌日のことで、わたしは気まぐれで買った炒《い》り豆《まめ》の残りを食べているところだった。

「おう、茜《あかね》か。まだ就職が決まってないいんだって？　おまえは愛嬌《あいきょう》ってもんがないからなあ」

開口一番、こうだった。喜夫おじさんは母の兄で、すこぶる朗《ほが》らかなひとではあるが、いささかデリカシーに欠けるところがあった。

「うん、まあ」

「『まあ』じゃないだろ。受け答えはもっとハキハキしないとダメだぞ。あと笑顔だ。おまえはいつもぶすっとした顔でいるんだから。景子《けいこ》はヘラヘラしすぎだったけどな。おまえと景子を足して割ったらちょうど――」

「なにか用事だった？」

聞きたくもない母の名前に話を遮《さえぎ》る。

「ん？　ああ、そうそう。用事だよ、用事」

話を遮られても機嫌を悪くしないあたりはこの伯父《おじ》のいいところである。デリカシーがないぶん、細かいことも気にしない。

「最近、九重《ここのえ》の家に帰ってるか？　帰ってないだろ？　こないだの正月も」

「……お盆には帰ったけど。あと電話はときどきしてるし」

「電話してるのは知ってるよ。おまえが就職決まってないのも千代子おばさんから聞いたんだから。千代子おばさん、心配してたぞ」

外聞が悪いからでしょ、と喉《のど》まで出かかったのを呑《の》み込《こ》む。

「うん」

「『うん』じゃないよ。電話だけじゃなく、ちゃんと帰らないとダメだろ。千代子おばさんも年なんだからさ、気をつけてやらないと。面倒見てやれるのはおまえしかいないんだから」

相槌《あいづち》も打たず黙っていても、喜夫おじさんは勝手にまくしたてる。

「おまえは景子なんかと違ってしっかりしてるから、わかってるとは思うけどな。景子はどこで何してるんだか、生きてるんだか死んでるんだかもわかりゃしない。あんなのは、うっかりひょっこり帰ってこられても、かえって迷惑だな。——いやいまは景子の話じゃなくてな、千代子おばさんだよ。おまえ、知ってるか？　九重の家に妙な若いもんが出入りしてるんだが」

「妙な若いもん？」

「大学生だと。男だよ。九重の歴史を調べてるとかなんとか、よくわからんが、ともかくあの家に入り浸って千代子おばさんに取り入ってる」

「取り入ってる、って」

「怪しいだろ？　詐欺《さぎ》とかじゃなきゃいいんだがなあ。いちおう、妙な健康食品だの株だの出資金だのって話はまだ出てないみたいだけど。でもなあ、そんなわけわからん男が出入りするのも、千代子おばさんがあんな大きな家でひとり暮らしだからだよ。危なっかしいったらない」

なんだかいやな風向きになってきた。わたしは冷える爪先《つまさき》を手でさすった。

「おまえ、あの家に戻ったらどうだ？　どうせ大学卒業しても就職先決まってないんだからさ」

案の定だ。ため息が出た。

「就職先はバイトつづけながらさがすから」

「そんなのうまくいくわけないだろ。おまえもなあ、なんで俺に相談しないんだ？　千代子おばさんもだけどさ。就職先くらい、俺が世話してやるのに。ちょうど従業員をさがしてるとこがあるんだよ。な、どうだ？」

「どうだ、って言われても……」

「バイトより給料はいいぞ。なにも一生そこで働けっていうんじゃないからさ、ほかにいい就職先が見つかれば辞めりゃいいんだよ。バイトするくらいなら、そのほうが割に合う」

「それはそうだけど……」

「俺が掛け合ってもっと給料上げてもらってもいいぞ。な？　いい話だろ。だから九重の家に戻ってこい」

正直ぐらりときたが、同時にもわもわと疑念も湧《わ》いてきた。やけに熱心だ。

「……なんでそうまでして、わたしをあの家に戻したがるの？」

「だから、言ってるだろ。千代子おばさんが心配だからだよ」

「嘘《うそ》」

「おまえなあ、ハキハキしてないくせに、そういうことははっきりと言うよなあ」

おじさんは笑った。朗らかな笑い声ではなく、含み笑いだった。

「まあ、ちょっとさ。頼みがあるんだよ」

電話を終えてから、卓上に置いたカレンダーを見て、今日が立春《りっしゅん》であることに気づいた。

そうか、もう春なのか。まだこんなに寒いのに。

改札口を出ると、風が吹きつけてきた。寒くはない。ぬるい風だ。春分を過ぎて、あたたかくなったり寒くなったりを日ごとにくり返しているが、今日はあたたかい日だった。ダウンコートを着てきたのは失敗だ。しかしスプリングコートなどという洒落《しゃれ》たものは持っていないので、しょうがない。暑ければ脱げばいいだけだ。寒さに震えるよりましである。

脱いだダウンを小脇《こわき》に抱《かか》え、ゴロゴロとキャリーケースを引いて歩く。駅前のロータリーにはタクシーが数台、客待ちをしている。暇そうだ。この駅で降りる乗客はすくなかった。

駅前から伸びる大通りはあいかわらずシャッターの閉まった店が多い。これでも一時期よりはよくなったほうだ。中学くらいのときがいちばんひどかった気がする。営業しているのはチェーン店のドーナツ屋やたこ焼き屋くらいだった。シャッターを下ろしていた洋装店が今風のカフェに様変わりしているのを見ると、むしろ一抹のさびしさを覚えたりする。非常に手前勝手な感慨だが。

駅を出てこの大通りを家に向かって歩くたび、懐《なつ》かしさと憂鬱《ゆううつ》さがいっしょくたになって足取りは重くなる。とりわけ今回は、帰省ではなくUターンだ。もはや逃げる場所はないと思うと、気が重いどころの話ではなかった。喜夫おじさんの言うことを聞いて戻ることにしたけれど、やはりよしたほうがよかっただろうか、といまだに悶々《もんもん》としている。往生際が悪い。

大通りを曲がって、横道を進む。対向車がぎりぎりすれ違えるかどうかという道だ。この街は大通りを逸《そ》れるととたんに狭い道ばかりになる。古い街だからだ。狭いうえに、妙な角度をつけて曲がりくねっている。かつてこの地に城を建てた武将が、防衛上、そういう道にしたのだ。

古くは宿場町かつ一大商業都市の城下町として栄えたこの街も、いまや小さな地方都市のひとつに過ぎない。歴史があるわりに、観光地にするにはいまいち目玉になるものがなく盛り上がりに欠ける街だが、その中途半端《ちゅうとはんぱ》さ、要領の悪さみたいなものが案外好きだった。そつなく完璧《かんぺき》につくりあげられたものは、あんまりおもしろくない。

歩いていると、ダウンを脱いでいても汗ばんできた。二、三日前はすごく寒かったのに。道の端《はし》に立ち止まり、しばし休む。家はすぐそこなので、さっさと向かえばなかで休めるのだが。足が重い。ふう、と息を吐《は》いてふたたび歩きだす。

道のさきに立派な築地塀《ついじべい》が見えてくる。塀の長さから敷地《しきち》の広大さがよくわかる。塀の内側には黒壁の大きな蔵がでんと建っていた。歴史があるだけに市内にはいくつかの旧家がいまだに残っている。ほとんどが江戸時代、豪商だった家だ。この屋敷もそうした豪商の家だった。

江戸店《えどだな》持ちの木綿商、九重家。

わたしが育った家である。

そろそろと引き戸を開けて、「ただいま」と小さく声をかける。返ってくる声はなく、迎えに出てくるひともいない。なかはひっそりとして、薄暗い。ここは昔、店だったところで、細長い土間の左右には座敷《ざしき》が並んでいる。天井が高く、風通しがいいので夏でも涼しく、つまりいまは冷える。爪先から凍《こご》えるこの感じが懐かしかった。

静かな土間を通り、板戸を開けてそのさきに足を踏み入れる。ここも土間だ。炊事場だったので左側に古い竈《かまど》が並び、右側には板間がある。さらに奥に進むとガラス戸の向こうは屋外だ。手洗い場があり、ここでまず手を洗うのが帰宅時の習慣だった。洗うのを忘れたり、てきとうにすませたりすると大目玉をくらう。千代子さんに。

水はまだ冷たかった。この手洗い場はお湯が出ないので、寒い時季には指が凍《こお》りそうになる。それでもいいかげんに洗うと叱《しか》られるので、子供のころは半泣きになりながら洗ったものだ。いまなら叱られるほうを選ぶ。叱られても天変地異が起こるわけではないと、小さいころの自分に教えてやりたい。

蛇口を閉めて離れようとすると、

「ちゃんと洗いなさい」

水を床に叩《たた》きつけたようなぴしゃりとした声が飛んで、首をすくめた。ふり返ると、眉《み》間《けん》に皺《しわ》をよせた千代子さんがいた。子供のころと変わらない、藍《あい》木綿の着物をぴしりと着こなしている。

「爪のあいだや、指の股《また》までちゃんと洗いなさい。それでしっかりすすいで。子供じゃないんだから、こんな注意をさせないでちょうだい」

「なかで洗い直すよ。ここの水、冷たいんだもん」

言い訳して脇をすり抜けようとすると、今度は「まず『ただいま』でしょう」とべつのお小言をくらう。

それを言うならそっちだってまず『おかえり』なのでは――と思ったが、口に出しはしない。

「入ったときに言ったよ。神棚の神様たちは聞いてるだろうから、大丈夫」

「あんたはまた、そんな屁理屈《へりくつ》を言って」

屁理屈ではない。板間に神棚が並んでいて、恵比寿《えびす》様やら大黒《だいこく》様やら、いくつもの神様が祀《まつ》られているのである。

「まったく可愛《かわい》げがないんだから……」

ぶつぶつ言って、千代子さんは踵《きびす》を返す。「だいたい、どうして帰ってくるのがこんなに遅いの。卒業式は三月の初めに終わってるんでしょうに」

「荷造りに時間がかかって」

「嘘おっしゃい。荷物なんてほとんどないじゃないの。宅配で送ってきた箱がいくつかあるだけで」

「ほかはぜんぶあっちで処分したんだってば。こっちじゃいらないものばかりだったから」

家具も電化製品も、台所用品もこちらにある。もともとかたづけるのが面倒で物を増やしたくないたちなのもあって、荷物はすくなかった。だから実際、荷造りに時間はかかっていない。嘘と看破した千代子さんはやはりよくわかっている。帰ってくるのが遅れたのは、ただたんに気の重さからである。

「ちゃんと勤め先にごあいさつに伺うのよ。それから喜夫にもね。喜夫が世話してくれなかったら、こんな寸前で採用してくれるとこなんてなかったでしょう。やっぱり会社の社長だと違うのね」

「おじさんにはもう会ってお礼言ったから」

「喜夫もたまに電話かけてくるばかりで、ちっとも顔を見せやしないけど。あんたといっしょ。喜夫は仕事が忙しいんでしょうけど、あんたは暇でしょうに。正月にも顔を見せないで……」

「いまいるじゃない」

「いまの話をしてるんじゃありません。どうしてあんたはそう――」

「荷物置いてくる」

逃げるようにキャリーケースを引いて家のなかに向かおうとすると、「手を洗い直しなさいよ」という声が追いかけてきた。

「それから、家のなかでそんなものゴロゴロ引かないでね。畳が傷むわ」

子供じゃないのだから、それくらいわかっている。しかし口答えするとまた面倒なことになるので、黙って敷居《しきい》をまたいだ。

キャリーケースを抱えて長い廊下を進み、階段をのぼる。高校まで使っていた部屋に入って戸を閉めると、息を吐いた。すでに疲れている。やっぱり、戻ってくるんじゃなかった。

千代子さんは、わたしの祖母のようなものである。ようなもの、というのは、血縁上は祖父の妹だからだ。大叔母《おおおば》か。

うちの家族構成は、簡単なようでややこしい。千代子さん、母、わたし。以上。

母の景子は喜夫おじさんの妹として生まれて、小学生のとき千代子さんの養子になった。おじさんと母の父親、つまりわたしの祖父は、この九重の古い家屋敷を嫌って大都会に移り住んだ。そこで会社を興して大きくしていったのだから、先祖代々の商才は受け継がれていたのだろう。その会社をいまは喜夫おじさんが継いで、さらに手広くやっている。

長男が家屋敷を放棄した代わりに家守になったのが、千代子さんだ。家守を押しつけることに気が差したのか、祖父は財産もすべて千代子さんに譲り、九重家の本家はここということになっている。

千代子さんは未婚で、子供もいない。なので跡を継がせるために母を養子にしたわけだ。が、その母は跡を継ぐことなく家を出ていった。とことん、この家は跡継ぎに嫌われる運命のようだ。わたしだってこの家を継ぐつもりなんてない。

キャリーケースに詰め込んだ服を、押し入れの洋服箪笥《だんす》に移す。箪笥の抽斗《ひきだし》には高校時代の服を入れたままになっているが、防虫剤は千代子さんによって定期的に取り替えられている。高校卒業時にいらない服は処分するつもりだったのだが、千代子さんが着られるのにもったいないと言うので捨てられなかった。虫食いでもあれば捨てられたが、このとおり防虫剤の布陣が鉄壁なのでいまのいままで捨てられていない。でもそのおかげで新しく服を買う必要はなくなった。高校時代から服は定番物かつ無彩色を好んでいたので、流行に関係なく成人したいまでも着られる。それを予期して千代子さんに服を残されていたようで、複雑な気分になるが。

押し入れの隅《すみ》にキャリーケースを押しこんで、部屋を出る。黒ずんだ板間の廊下が軋《きし》んだ。階段は角度が急ですべりやすく、うっかり落ちかけたことが何度となくある。九重家は商売が大きくなるにつれて土地と屋敷を大きくしていった家で、最も古い部分はどうやら享保《きょうほう》年間にまで遡《さかのぼ》るらしいが、現在おもに使用しているのは大正時代に増築された棟だ。店だったところなどは玄関を使うくらいで、ほぼ物置のような状態になっている。大昔の竈など、どうにも使いようがない。みっつもある大きな蔵は、なかをぜんぶ確認したこともなかった。

階段をおりると、中庭に面した縁側《えんがわ》に出る。台所に行きたいのだが、それはこのだだっ広い屋敷の端にあった。つまり行くのはとても面倒だ。縁側のガラス戸は昔のガラス特有の歪《ゆが》みがあって、庭の緑もやわらかく歪んで見える。紅白の椿《つばき》がちょうど花の盛りで、その奥には大きな松の木がある。八手《やつで》や南天の緑が濃い。苔《こけ》むした石灯籠《いしどうろう》やつくばいがひかえめに佇《たたず》んでいる。こぢんまりとまとまった庭だが、屋敷の西側にはもっとずっと大きな庭があった。大きすぎて池もあるしお稲荷《いなり》さんの社《やしろ》まである。恵比寿に大黒、稲荷、そのほかにも、この家はやたらと神様を祀っている。それにまつわる習わしやら行事やらがたくさんあって、うっとうしかった。あれもまたやらされるのか、と思うとさらに憂鬱になった。

座敷を通り抜けて昔の炊事場だった土間に下り、そのさきにある台所に向かう。台所設備は何度かリフォームされているが、足もとは土間のままだ。磨《す》りガラスを嵌《は》めた引き戸は開いていた。開けっぱなしにすると寒いのに、と思いながらなかに入ろうとして、ぎょっとして立ちすくんだ。

誰かいる。

千代子さんではない、男だ。淡萌黄《うすもえぎ》色のカーディガンを着た男が、冷蔵庫のそばに立っている。うしろ姿なので顔はわからないが、たぶん若い。

泥棒か、通報したほうがいいのか、それ以前に逃げたほうがいいのかなどと一瞬のうちに様々な思考が巡ったせいでかえって体は固まる。男がふり返った。やはり若い男で、わたしとおなじくらいの歳《とし》に見えた。目元の涼しげな、やわらかい雰囲気の青年だった。どこか見覚えがあるような。親戚《しんせき》か。いや、こんな親戚はいなかったはず。

彼は愛想《あいそ》のいい笑顔を浮かべた。

「茜ちゃん？　だよね？　おかえり」

思わずあとずさる。苦手なタイプだ。いきなり『ちゃん』づけで呼んでくるのも、やたら愛想のいい笑みをふりまいてくるのも。

「……どちらさまですか？」

　はは、と彼は笑った。

「めちゃくちゃ警戒されてる。千代子さんから聞いてない？」

「え？」

「話す暇がなかったのよ」

　うしろから千代子さんの声がして、ふり返る。いつのまにいたのか、千代子さんは土間に下りてくるところだった。「この子、電話は用件が済んだらさっさと切ってしまうし、さっきもすぐ二階に上がってしまって、ゆっくり話もできないんだから」

　わたしはふたりを見比べた。「……どういうこと？」

「このひとは十日市《とおかいち》さん。大学の研究で九重家の歴史だかなんだかを調べたいんですって」

「歴史というか、九重家の年中行事をね。卒論でこの家の年中行事をテーマにしたいんだよ。前から興味があってさ。あ、俺、大学で民俗学のゼミにいるんだけど」

　千代子さんのざっくりとした説明を十日市とかいう青年が補足する。十日市。その名に聞き覚えはなかった。一度聞いたら忘れない名前だ。見覚えがあると思ったのは気のせいか。それよりも、大学生というので思い出した。喜夫おじさんがちらりと言っていたではないか。

「最近うちに出入りしてる大学生って、あなたのこと？」

「半年くらい前から何度か来てるよ。それで、一週間前に引っ越してきた」

「引っ越してって、この近所に？」

「いや、ここに」

は？　と喉まで出かかった。千代子さんを見る。千代子さんは不機嫌そうに眉《まゆ》をよせていた。

「だから、言ったでしょう。あんたとはゆっくり話もできないって」

「まさか、聞いてないとは思わなかったな。俺は茜ちゃんが帰ってくるの聞いてたのに」

さっきからこの男はなぜ馴《な》れ馴《な》れしく『茜ちゃん』と呼んでくるのだろう。気味が悪い。

「つまり、なに？　ここに住んでるってこと？　知らない男のひとが？　わたしが戻ってくるのわかってて？」

千代子さんにつめよると、

「だから、あんたが話を聞かないのが悪いんでしょう。十日市さんがここに下宿するのはあんたが帰ってくることになる前から決まってたんだから、優先順位は十日市さんのほうが上よ」

「だったら、わたしはよそにアパートでもさがしたのに。言ってよ。いくらなんでも知らない男のひとといっしょになんて暮らせない」

「いや、茜ちゃん、茜ちゃん」

馴れ馴れしく呼びかけてくる男をにらむ。

「さっきから、なんなんですか。初対面で『茜ちゃん』って。気持ち悪い」

「いやだから、初対面じゃないよ。小学校以来だから、覚えてないのも無理ないけどさ。俺、小学校までいっしょだったんだよ。おなじクラスになったこともある。一浪してるから、茜ちゃんと違ってこの春から四年生なんだけどね」

「十日市なんてひと、覚えがありませんけど」

「母が再婚したからね。仁木《にき》って言ったらわかる？　仁木一《はじめ》」

覚えてるでしょ、と彼は薄笑いを浮かべた。

仁木一。

忘れるはずのない名前だ。

「……嘘でしょ？」

「嘘じゃないよ。面影《おもかげ》ない？」

柔和なその笑顔に、小学生のころの記憶が重なる。見覚えがあると思ったのは、間違いではなかった。

「仁木くん……」

雑巾《ぞうきん》をぎゅうっと絞ったようなひどい声が出た。たぶん、表情もひどいものだったと思う。彼はわたしの様子に大笑いした。

「ひどい反応だな。いやまあ、わかるけど。忘れられてなくてよかったよ」

「忘れるわけないでしょ……」

「茜ちゃんはあんまり変わってないから、すぐわかったよ。子供のころのきれいな顔のまんま」

わたしははっきりと顔をしかめた。

「ムスッとしたとこもね。いやあ、懐かしいなあ」

彼のようにのんきに懐かしむ気になどなれない。わたしは千代子さんをふり返った。

「このひとがあの仁木くんだってわかってて、家に入れたの？」

「最初に会ったときに話してくれたのよ。立派な息子さんに育って」

「あり得ない……」

急激に頭が痛くなってきた。額を押さえる。

「なんでそんなことができるの？　それで、いっしょに暮らすって。あり得ない。仁木くんは、うちを恨んでるでしょう。お母さんのこと、絶対許してないでしょ？　わたしだって許してないのに。どうしてそんな家で暮らせるの？」

ひと息にまくしたてる。

「自分の父親と駆け落ちした女の家でなんて」

言い捨てて、台所を飛び出した。

母の駆け落ち相手は、仁木くんの父親だった。娘の同級生の父親と駆け落ちなんて、あり得ない。

わたしは父を知らない。見たこともなければどこの誰かも知らない。高校を卒業した母は大阪に働きに出て、数年後に赤ん坊のわたしを抱えてここに戻ってきたそうだ。以来、この家には千代子さんと母とわたしの三人で暮らしていた。

仁木くんの父親は、市役所に勤める公務員だった。ふたりがどういういきさつでそういう仲になっていったのか、わたしは詳しく知らないし、もちろん知りたくもない。考えるだけで気持ち悪い。

母たちが駆け落ちしたのは、小学校の卒業式の日だ。母は式に来なかった。千代子さんは来た。式が終わっても母は来なかったので、千代子さんはかりかり怒っていた。『まったくどうしようもない子なんだから』学校から家に帰るまでのあいだ、ずっと母への悪態《あくたい》をついていた。『どうせ寝坊して、面倒になったんでしょう。ほんと、昔からそう』

駆け落ちを知ったのは、家に着いてからだ。書き置きがあったので。

あのとき、千代子さんはいつもの調子からしてものすごく怒るだろうとわたしは思っていた。よりによって卒業式の日に母が駆け落ちしたというショックに立ち尽くすと同時に、わたしは千代子さんの怒りをおそれていた。きっとものすごく怒って、不機嫌になるに違いないと。それをぶつけられるのはわたしなので、いやだなあと。

でも、千代子さんは怒らなかった。ひどく動揺して、あちこちに電話をかけていた。それで母の駆け落ちはすぐさまほうぼうに知れわたることになったのだが。しまいには警察に電話をかけて、連れ戻してくれと頼んでいた。当然ながら拒否された。

千代子さんはとても落ち込んでいた。しばらく寝込んだほどだ。わたしは、どうして怒らないのだろう、と、なんとなく納得いかない気持ちだった。すべてを台無しにされたのは、わたしなのに。卒業式も、これまでのことも、これからのことも。なぜ、わたしのために怒ってくれないのだろう……。

「茜ちゃん」

襖《ふすま》の向こうから声がかかって、突っ伏していたちゃぶ台から顔をあげた。わざわざ立って襖を開けるのがおっくうで、「なに？」と尋《たず》ねる。

「お茶を持ってきたんだけど、いらない？　両手ふさがってるから、開けてくれると助かる」

そういえば、さっきはお茶を淹《い》れに台所まで行ったのだった。思い出すと喉が渇いてくる。襖を開けると、仁木くんがお盆を手に立っていた。湯呑みがふたつのっている。ひとつはわたしが子供のころから使っている、桜柄《さくらがら》のものだった。もうひとつは紅葉《もみじ》柄だ。

「……ありがとう」

桜柄の湯呑みをとって襖を閉めようとしたが、その前に彼は部屋のなかに入ってきた。ちゃぶ台に紅葉柄の湯呑みを置いて、腰をおろす。仁木くんはまるで自分の部屋であるかのようにくつろいでお茶を飲みはじめた。

「ちょっと」

「茜ちゃん、なんで戻ってきたの？」

唐突な問いに、すぐには答えられなかった。だいたい答える義務もない。でもこんな細かいことで意地を張って答えないのも子供じみているように思えて、「ほかに就職先がなかったからだけど」と答えた。ちゃぶ台からちょっと離れて腰をおろし、膝《ひざ》をかかえてお茶を飲む。なぜ自分の部屋なのに窮屈な思いをしてお茶を飲まなくてはいけないのか。腹が立つ。

「就職先がないねえ……ほんとうに？」

「なにが」

「いや、茜ちゃん、優秀そうなのにさ。愛想はないけど。そこそこ内定もらえそうなのになって」

「……もらえてないから、いまここにこうしてるんでしょ」

膝をかかえる腕に力がこもる。じくじくと胸が痛んだ。思い出したくない記憶が山ほどある。

「そっちこそ、なんなの。なんの魂胆があってうちに入りこんだの」

「人聞きの悪い。前々から興味があったんだよ。歴史のある家だし、なによりでかい蔵がみっつもある。お宝の山なんじゃないかなってさ。あ、お宝ってなにも骨董《こっとう》とか金目の物って意味じゃないよ。古文書《こもんじょ》とかの、学究的な意味ね」

とげとげしいわたしの言葉にも、仁木くんは朗らかに答える。変わらないな。小学生のころから彼は人当たりが抜群によかった。やたらとうるさく落ち着きのない小学生男子のなかでそれは際立って見えて、女子からの人気と信頼は段違いだった。王子様のような少年だったのだ。

わたしは自分の態度をいくらか反省する。いくら不審に思っても、敵意丸出しにくってかかるのは大人げない。だからだめなのだ。

「……仁木くんは」言いかけて、『仁木くん』ではまずいか、と気づく。彼もその名で呼ばれたくはないだろう。『十日市くん』か？　しかし馴染《なじ》みのない『十日市』に『くん』とつけるのもなんだかしっくりこない。

彼は人好きのする笑みを見せた。

「『二くん』でいいよ、茜ちゃん。呼び捨てでもいいけど」

「…………」

なんだろう。いかんともしがたい胡散臭《うさんくさ》さを感じる。仁木くんってこんなひとだったっけ……。

「わたし、『茜ちゃん』って呼ばれてたっけ？　『九重さん』て呼んでなかった？」

「この家で暮らしだしたら、それだと紛《まぎ》らわしいかと思って。『茜ちゃん』のほうがかわいいし。だから俺のことも『二くん』でいいよ」

「十日市さん」

「ははあ、そうくるか。まあいいよ、それで」

彼は薄笑いを浮かべた。なんだかいやな笑みだった。

「……十日市さんは、いつまでここで暮らすつもり？　卒論のためって言ってたよね。じゃあ、卒論ができるまで？」

「そうだね。一年くらい」

「卒論の提出は十二月でしょ」

「三、四ヵ月くらい大目に見てよ。その時点から引っ越すのたいへんだし」

「それにしたって、ここで暮らさなくてもよくない？　卒論のための調査なら、夏休みにでもすればいいじゃない。ふつう、みんなそんなものでしょ」

「そこに戻るの？　もう俺はここで暮らしてるんだから、いまさらそんな話しても意味なくない？」

「あなたが出ていくかわたしが出ていくかって話なんだけど」

「へえ」

彼はまた薄ら笑いを浮かべた。ひとを小馬鹿《こばか》にしたような笑いかただ。

「じゃあ訊《き》くけどさ、茜ちゃん、千代子さんとふたりきりで暮らせるの？」

「どういう意味」

「仲悪いんでしょ？　気まずいんじゃない、ふたりきりだとさ」

「……べつに悪くはないよ。ベタベタしてないだけで」

「ふうん」訊いておきながら興味なさそうに相槌を打つ。「なんかよくわかんないね。まあ、ようはさ、俺がいたほうがなにかと便がいいんじゃないかってこと」

「なんで」

「ふたりきりだと険悪になりそうじゃん。俺をあいだに挟んだほうが円滑にいくと思うけどなあ」

ははは、と笑う彼の顔を眺《なが》める。

「どうしてもここで暮らさなきゃいけない理由があるんだね」

「だから、卒論だってば」

「それで納得すると思う？　年寄りを詐欺にひっかけようとしてると疑われてもしかたないよ。そもそもあなたがあの仁木くんだって確証もないんだし」

「用心深いね。運転免許証の名字も十日市だしなあ。戸籍謄本を見せれば信じてくれる？　いまからでもとってくるよ、市役所すぐそこだし」

「あなたが正真正銘仁木くんなら、なおさらこの家に近づいてきたのは不自然だと思う」

「茜ちゃんさあ……もうあきらめなよ。ここ以外に住むとこないんでしょ？　俺は出ていかないし。じゃあ、もういっしょに暮らすしかないじゃん。ぐずぐず文句つけてないで、新生活の準備でもはじめたほうがいいんじゃない？」

ムカッときた。事実だが、この男に指摘されると腹が立つ。

「ひとの家に勝手に住んでるあなたが言うことじゃないでしょ」

「勝手にって、千代子さんの許可はもらってるんだから」

「わたしもこの家の相続人なんだからわたしの了解を得ずに住みつづけるのはおかしいと思う」

「……茜ちゃんってさ、ほんと、変わらないよね。理詰めでひとを追い込むところ。友だちに煙たがられてない？　あ、友だちいる？」

もうすこしで彼の顔にお茶をかけるところだった。

「仁木くん」

わざとそう呼んだ。

「仁木くんは、変わったね」

「そう？」

「ずいぶん性格が歪んだみたい」

仁木くんはにやっと笑った。

「おかげさまで」

――あんたの母親のせいでね。

と、暗に言われているようだった。

「新生活の準備をはじめるから、部屋から出てって」

「はいはい」彼はようやく腰をあげる。「あ、千代子さんが今夜はクリームシチューだって言ってたよ」

「……そう」

「なんかごめんね？」部屋を出たところで仁木くんはふり返る。「ほんとのこと言っちゃったみたいで。友だちいないんなら、俺がなってあげようか？」

わたしはぴしゃりと襖を閉めた。やっぱりさっき、お茶をかけてやればよかった。

千代子さんの作る料理は、ほぼ和食だ。味噌汁《みそしる》、ぬか漬け、煮物が基本。オムライスだのチャーハンだの餃子《ギョーザ》だのは、出てきたためしがない。そんななかでクリームシチューは、非常にめずらしいメニューだった。わたしが小学生のころ、給食で出たクリームシチューを家でも食べたいとねだったから作るようになったのだと千代子さんはことあるごとに言うが、わたしにそんな記憶はない。覚えていないだけかもしれないが、わたしはなんとなく、それを言ったのは母ではないかと思っている。そもそもわたしは千代子さんになにかをねだったことがない。

台所は、クリームシチューのにおいで満ち満ちていた。このにおいを嗅《か》ぐのもひさしぶりだ。ねだった覚えはないが、好物ではあった。子供のころ、煮物だ煮魚だという献立《こんだて》の毎日で、シチューのにおいがする日は心が浮き立ったものだ。ちなみに、母は料理をいっさいしなかった。たまに千代子さんが作れない日があると、出てくるのは近所のお肉屋さんで買ったコロッケだった。おいしかったが。

「それ、あっちに持ってってちょうだい」

千代子さんがシチューをかき混ぜながら、こちらをふり返りもせずに指示する。それ、というのは調理台に並ぶ小鉢だった。胡瓜《きゅうり》と茄子《なす》のぬか漬けに、菜の花の辛子和《からしあ》え。クリームシチューにはまるで合わない。サラダが欲しいところだが、この家ではわたしが作らないかぎり食卓にサラダが並ぶことはない。そして千代子さんが料理をするそばでべつのおかずを作ろうものなら怒られる。手伝いも許されない。千代子さんは自分の料理に手を出されるのが大嫌いなのである。

おとなしくお盆に小鉢をのせて、隣の部屋に運ぶ。隣は昔の女中部屋を改装して食堂にしてあった。八畳ほどの板間にダイニングテーブルが置いてある。わりと狭い。天井も低いので窮屈に感じる。

「千代子さん、これ運べばいいですか?」

台所で仁木くんの声がする。「ええ、お願い」と答える千代子さんの声も。千代子さんは仁木くんを気に入っている。声でわかる。仁木くんの見かけの愛想よさにだまされているのだろうか。

「菜の花の辛子和えだ。俺、好きなんですよ」

テーブルの小鉢を見て仁木くんはうれしそうに言う。

「あら、そう? よかった。若いひとの口には合わないかと思ってたけど」

「そんなことないですよ。ほろ苦いのがいいんですよね。これが出てくると春が来たって気がしますし」

「茜なんかは全然喜ばないのよ。ねえ？」

ねえ、とこちらに振られても困る。わたしは黙々とシチューの皿とスプーンを並べて席についた。隣に仁木くんが座る。いっしょに食事をとることにものすごく違和感があった。見慣れた食堂のはずなのに、まるではじめて来た店みたいだ。

うちではクリームシチューは味噌汁の代わりのような存在なので、パンではなくお茶碗《ちゃわん》によそったご飯とともに食べる。ほかの家庭ではどんな感じなのだか知らない。

「シチューってさ、家によってご飯派かパン派かにわかれるよね」

いただきますをしてすぐに菜の花の辛子和えに箸《はし》をつけた仁木くんが言う。

「……そうなの？」

「そうだよ。うちはパン派だったな。でも俺はご飯のほうがよかったんだよね。パンだとなんか食べた気がしない」

「パンのおうちが多いんじゃないの？　給食もパンだったし」

「俺のまわりはご飯のとこが多いかなあ。――千代子さん、これ、おいしいですよ。ゆで加減がちょうどいいですね」

「そう、よかったわ。うっかりゆですぎるとくたくたになってしまうのよ」

褒められて千代子さんは機嫌よくなっている。仁木くんのこういう如才のなさがわたしには胡散臭く思えてしかたないが。

仁木くんはよくしゃべった。いちいち料理を褒めるかと思えば、給食でなにがいちばん好きだった？　などというどうでもいい話を振ってくる。ひとりでにぎやかだ。わたしと千代子さんは食事中に会話をする習慣がない。食事中におしゃべりをするものではない、というのが千代子さんの方針だった。『口にものが入った状態でしゃべるのはやめなさい。汚い』と子供のころよく叱られた。箸の使いかたから食べる順序まで、千代子さんは食事作法にはとりわけ厳しかった。

『あんたはひと一倍、食べかたには気をつけないといけないわよ。食べかたが汚いと、やっぱり父親のいない子は、なんて言われるんだからね』

叱られるたびにそう言われた。母はそれを『くっだらない』と煙草《たばこ》をふかしながら笑った。

『茜、いい方法を教えてあげる。なんか言われたらね、言った相手の目をじいっと見つめてやりな。にらむんじゃないよ。見つめるんだよ。そうしたら向こうはなにも言わなくなるから』

そう言いながら母はわたしを見つめていた。幼心《おさなごころ》にも母が群を抜いて美しい顔を持っているのはわかっていた。よぶんも不足もなくバランスのとれた顔かたち、なかでも際立っていたのは瞳の美しさだった。アーモンド形の目を縁取る長いまつげの下で、黒々とした大きな瞳がつやつやと輝いていた。白目が青白いので、いっそうくっきりと大きく見えた。いつも潤《うる》んでいるその瞳にじいっと見つめられると、夜空にちりばめられた星を見ているようで、吸いこまれそうになった。冬の星みたいに冴《さ》え冴《ざ》えと輝く星ではなくて、春のとろりと淀《よど》んだ夜空のなかで、ふうっと不安定にまたたいているような星だった。

母の言ったとおり、父のいないことを当《あ》て擦《こす》る相手の目をじいっと見つめると、相手は口をつぐんだ。大人でも子供でも、男でも女でも。どうやらわたしも母の瞳を受け継いでいるらしい、と知った。

千代子さんは、母のそうした部分をひどく嫌った。はしたない。汚らわしい。そう蔑《さげす》んだ。母はそんな千代子さんを、小馬鹿にしているように見えた。

わたしは正面に座る千代子さんを盗み見る。千代子さんと母は、叔母と姪《めい》の血縁関係だけれど、まったく似ていない。千代子さんの目は腫《は》れぼったく細く、口もとは出っ張っている。年寄りの皺だらけの顔なんて、正直美醜《びしゅう》はよくわからない。それでもたぶん、母が年をとっても、千代子さんとはまるで似ていないだろう。

わたしはもう、ひとの目をじいっと見つめるような真似《まね》はしない。千代子さんがいやがるからだ。はしたない、そういう言葉は、母がいなくなったあと、わたしだけに向けられるようになった。

シチューを口に運ぶ。音を立てずに食べる習慣は身に染みついている。市販のルウを使えば簡単だというのに、頑《かたく》なに拒《こば》んで料理本どおり小麦粉から作られるシチューは、バターのしつこさが舌に残った。

「――って、どう思う? 茜ちゃん?」

呼びかけられて、わたしに言っていたのかと仁木くんのほうを向く。「なに?」べらべらとどうでもいい話をつづけているので、聞き流していた。

「なに、って。だからさ、協力してくれるとありがたいんだけどって話」

「なにに」

「まったく聞いてなかったんだね。卒論だよ。ここの年中行事を調べたいって話はしたろ？　その再現に協力してほしくってさ」

「再現？」

「千代子さんに聞いた話じゃ、いまでもつづけてる行事は多いんだってね。ねえ、千代子さん」

「それでもずいぶん、やらなくなったことのほうが多いのよ。わたしが小さいころは一家総出であれやこれや、やったものだけど」

「いまやお正月にお節《せち》を作る家もすくないくらいですからね。でも、ここじゃ元旦《がんたん》に若水《わかみず》を汲《く》むし、もちろん雑煮《ぞうに》もお節もある。二十日恵比寿には鯛《たい》を焼いて、冬至には小豆粥《あずきがゆ》を作って、節分には鰯《いわし》の頭と柊《ひいらぎ》を飾って……お稲荷さんや山神様の祭事もありますね。非常に興味深い」

「ご先祖様が信心深かったのよ。商売が繁盛しているのも信心のおかげだって。神棚もたくさんあるでしょう。毎日水を替えるほうはたいへんよ」

「だからずっと年中行事が行われてきたというのもあるんでしょうね。なにより蔵に資料がきちんと残っているのがありがたい」

「蔵のなかはちゃんとぜんぶ見たこともないんだけどね、目録も古くて。あなたが調べてくれるとこっちも助かるわ」

「それで」ふたりの会話を遮る。食事中におしゃべりしないという方針はどこへ行ったのか。「再現するっていうのは、その年中行事をってこと?」いらいらとスプーンでじゃがいもを細切れにする。

「そう、おもに料理をね」

「料理なら、わたしの出る幕はないと思うけど。千代子さんだけでいいでしょ」

「ひとりだとたいへんそうなのもあるんだよ。そのときどきに使う道具とか掛け軸とか、用意しないといけないし。そういう指示が『家政暦《かせいごよみ》』に事細かに書いてあるからね」

「『家政暦』って?」

「九重家の年中行事を記した帳面。蔵にあったよ。どの日になにをするか、使う道具はなにか、そんなことが細かく書いてある。この帳面自体は明治時代の当主が書き残したものだけど、初代のころからつづけられてたみたいだね。初代というと延宝《えんぽう》三年に——まあ、ざっくり江戸時代からってこと」

ざっくりすぎる。言ってもわからないだろうとちらりと向けられた視線から感じた。べつにどうでもいいけど。

「道具関係は蔵にしまいこまれているのもあるから、それをさがすのを手伝ってほしかったりするんだよ。まあここの蔵は整理整頓《せいとん》が行き届いているから、そう手間もかからないと思うんだけど」

「……なんでわたしが協力すると思ってるの？　それ以前にわたしはあなたとの同居を歓迎してないの。わかる？」

「同居すること自体は許してくれたわけだね。すごい譲歩だ。どうもありがとう」

スプーンで頭をたたいてやりたくなった。

「許してない。しかたないだけ。よそに部屋を借りるお金もないし馬鹿馬鹿しいし。もう仕事もはじまるし……」

頼まれごともあるし――喜夫おじさんの顔が頭をよぎり、追い払った。

だいたい、出ていくなら仁木くんのほうである。どうしてわたしが出ていかねばならないのか。

「まあ同居っていってもさ、これだけ広い屋敷なんだから、そうそう顔を合わせることもないよ。日中、茜ちゃんは仕事で俺は大学だし」

「あなたが使ってる部屋ってどこ？」

「北にある棟の一階の広間。あの棟は大正時代に増築されたんだったっけ？」

わたしの部屋の真下ではないか。無言で仁木くんをにらんだ。わかって言っているだろう。

仁木くんはにこりと笑った。

「茜ちゃんの生活の邪魔はしないから、よろしくね」

「あとかたづけは俺たちでやるんで、千代子さんは休んでください」

と仁木くんが勝手に決めて、千代子さんは「あらそう？　じゃあお願いするわ」と自分の部屋に戻っていった。

「……洗い物はわたしがするから、仁木くんもういいよ」

食器を流しに運んできた仁木くんに言ったものの、

「俺もやるよ。ふたりでやったほうが早いだろ」

と腕まくりする。

「ふたりでやるのがいやなんだけど」

「なんで？　楽なのに」

「あなたさっきわたしの生活の邪魔はしないって言ったよね？」

「なにもしないほうが邪魔になるよ。俺がやるはずだったことまでやらないといけないから、そのぶん茜ちゃんの時間を奪うことになる」

「…………」

「はは、茜ちゃんの理詰めの癖《くせ》を真似してみた」

脛《すね》を蹴《け》ってやりたい。想像のなかだけなら彼はわたしにお茶をかけられているしたたかれているし蹴られている。

彼の軽口につきあうだけ時間の無駄なので、無言で髪をうしろでひとつにくくると蛇口をひねった。

「茜ちゃん、小学生のころより髪伸ばしてるんだね。あのころはおかっぱだった」

「ボブとかミディアムとか言ってよ……」

「そういうの、よくわかんないんだよね」

「わかる気がないんでしょ」

「まあね」

わたしがスポンジで洗った食器を仁木くんが水ですすぎ、水切りかごに置いていく。案外、作業はスムーズに進んだ。仁木くんはタイミングをはかるのがうまい。如才ない彼らしかった。

「中学のころから伸ばしてたの？」

「大学までショートだった」

「へえ、見てみたかったな」

「見たってしょうがないでしょ」

「卒アル見せてよ」

「絶対やだ」

「ひどい顔してる？　茜ちゃんのことだから、ぶすっとしてるのかな」

「長い髪も笑うのも媚《こ》びててはしたないからやめろって言われてたの」

最後に残しておいたシチュー鍋《なべ》を洗い終わり、スポンジをすすぐ。鍋を受けとった仁木くんは唖然《あぜん》とした顔をしていた。

「なにそれ。誰に？」

「千代子さんのほかに誰がいるの」

「……へえ、なるほど」

なにがなるほどなのか、仁木くんは鍋をすすぎ、水切りかごにのせようとする。鍋が大きいので、のせる場所に困っていた。わたしは食器を置き直して場所を作る。ありがとう、と言いながら仁木くんが鍋を置いた。小学生のころから彼はなんでもないことで礼を言うひとだった。こういうところはすこしも変わらない。

「茜ちゃんって、『おばあちゃん』じゃなく『千代子さん』て呼ぶんだね」

なにをいまさら、と思いつつ「母がそう呼んでたから」と答える。

「癖というか、習い性で。どの家もそんな感じで呼ぶものだと思ってたというか」

「お母さんは養子なんだったっけ」

なぜ知っているのか、などと訊くのは愚問だろう。狭い世間なので、知っているひとは知っている。

「姪を養子にしたの。だから千代子さんはわたしにとっては大叔母。祖父の妹」

「こう言っちゃなんだけど、千代子さんのお兄さんも、これだけの大屋敷を継がずに他県に出ていくなんて、もったいないことをしたね」

「いくら大きなお屋敷でも、古いと住みにくいから」

「その古さがいいのに」

理解できない、という顔と声で仁木くんは言う。

「おじいさんは古くさいものが大嫌いだったみたい、おじさんが言うには。古くさい家に住んでたら考えも古くなるって」

「へえ。まあ実際にそれで成功を収めてるんだから、一理あるんだろうね」

それでも「古いのがいいのになあ」と仁木くんはぼやいている。

「それにこの家は古いけど状態はいいよ。いい建材を使ってるんだね。蔵の中身だってきれいに保存されてる。九重家は豪商になってからも質素倹約が家訓だったから、物を大事にしてたんだね」

「そうなの？」

「知らないの？」

「知らない。自分の家のことなんて、いちいち調べないし」

「じゃあ、蔵のなかもちゃんと見てない？」

うなずくと、仁木くんはあきれた顔をした。

「もったいない！　俺がここに生まれてたら絶対に入り浸るのに」

「ほこりっぽくて無理」

「そう言わずに、見てみるといいよ。時代劇で見るような千両箱とかふつうにあるからね」

「千両入ってるの？」

「入ってないよ」

「じゃあいい」

黄金色の小判がざくざく入っているところを想像したのに、つまらない。ただの古い箱を見てなにが楽しいのだ。

仁木くんはわざとらしくため息をつく。

「物の価値のわからないひとがこの家を継ぐなんて、不安だな」

「わたしは継がないよ」

仁木くんは目をみはる。

「え？　じゃあ、誰が継ぐの」

「知らない。おじさんたちが相談してどうにかするでしょ」

「千代子さんは茜ちゃんが継ぐものと思ってるんじゃないの？」

「知らないってば」

わたしは仁木くんに背を向け、調理台に置かれていたタッパーの蓋《ふた》を閉める。タッパーのなかには残ったクリームシチューが入っている。まだほのかにあたたかく、蓋が湯気で曇る。千代子さんは、わたしが帰省したときにはかならずクリームシチューを作る。家に帰るたび『やっぱり帰るんじゃなかった』と思い、クリームシチューを出されるたびにそう思ったことにうしろめたくなる。バターの濃い味は舌から消えず、胸に残る。この味が何度もわたしをこの家に引き戻してきた。

　自分はさして好きでもない、小麦粉を焦《こ》がさぬよう気をつけねばならない七面倒なこのシチューを、黙々と作る千代子さんの背中が思い出される。そのたびに湧き上がるのは、さびしいような、苦しいような気持ちだ。日暮れがたの空を見たときの気持ちと似ている。そういうものが喉の奥でぐるぐると渦巻いて、きゅっとなって、胃のなかに落ち込んでゆく。喉から出てくることはない。

　冷蔵庫から保冷剤をとりだし、まだぬくもりの残るタッパーの下に敷いた。

「へえ、そうやって冷ますんだ」

「あたたかいまま冷蔵庫に入れると、なかの物が傷むって千代子さんに叱られるから」

　木綿の織り目のように、わたしを形作るすべてに千代子さんが絡み、離れない。離れるには、きっと、布を裁ち切るはさみが必要だ。

　平日の昼下がり、大通りでも歩道を行《ゆ》き交《か》うひとはすくない。このあたりで移動手段といったら車なので、休日でさえ、ぶらぶら歩いているのは観光客くらいだ。歩道はここ数年で洒落た石畳に舗装し直されたので、もったいない気もする。

　就職先にあいさつに行くのになにを着ていけばいいのか、二秒ほど迷って就活時のスーツにした。無難《ぶなん》がいちばんだ。髪はうしろでひとつにくくり、化粧は薄紅に色づくリップだけにした。化粧とも言えない程度だが、リップを塗ることすら抵抗感があった。

片手には千代子さん御用達《ごようたし》の老舗《しにせ》和菓子屋さんの紙袋をさげている。今朝、「ご進物用に用意しといてもらうよう、電話しといたわよ」と千代子さんから言われた。手みやげくらい、自分で用意できるのだが。

喜夫おじさんが口をきいてくれた就職先は、家と駅の中間くらいにあった。大通り沿いの古いビル。《観光振興センター》という大理石の看板が入り口の植え込みのなかにぽつんと佇んでいる。ここの二階にある事務所が就職先だった。一階は物産展のように土産物《みやげもの》が並んでいて、奥のカウンターでエプロンをつけた店員が暇そうにしていた。階段で二階にあがると、古ぼけた磨りガラスのドアがある。えんじ色の四角い把手《とって》を引っ張ると、重いドアがぎぎぎ、と音を立てて開く。赤い玄関マットを踏んで入った部屋は、こぢんまりとして静かだった。手前に応接用のソファとテーブルがあり、ガラスの衝立《ついたて》で奥と仕切られている。奥には事務机が並んでいるようで、ひとが立ちあがってこちらにやってくるのがガラスごしにうかがえた。

「こんにちは」と、とりあえず声をかけた。

衝立の向こうから、男女がひとりずつ現れた。ふだん事務所を切り盛りしているのはふたりだとおじさんから聞いているので、このひとたちがそうなのだろう。初老の男性と、中年の女性だ。男性のほうは瘦《や》せ型で髪はほとんど白く、眼鏡《めがね》をかけた目がやさしそうな、一見して温厚そうなひとだった。女性のほうは母と同年代くらいだろうか、ストレートの髪を肩の上ですっきりと切りそろえているのと、一重《ひとえ》のつり目が冷ややかに見え、とっつきにくそうな雰囲気がある。しかしとっつきにくさに関しては、わたしもひとのことを言えない。おそらく向こうからもそう思われていそうな気がする。

おじさんに確認していたからわかっていたが、壮年男性がいないことにほっとした。

「九重茜です。四月からお世話になります」頭を下げる。

「ああ、どうもどうも」男性のほうがつられたようにお辞儀して笑う。「こちらこそ、どうぞよろしく。人手不足で困ってたから、助かりますよ。ねえ、百合丘《ゆりおか》さん」

「あたしたちがさんざんひとを増やしてって言ってたときは門前払いだったのに、九重さんの鶴《つる》のひと声で採用するんだものね。お偉いさんがたはいいかげんなんだから」

百合丘さんというらしい女性の口調は、第一印象どおり冷ややかだった。どことなく、大学時代のゼミの担当教授に似ている。胃のあたりが重くなった。

「百合丘さん、ぼやかない。結果ひとが増えたんだから、いいじゃない」と男性が笑って言った。「そうだ、名刺名刺」と事務机に走り、両手に名刺ケースを持って戻ってくる。ひとつを百合丘さんに手渡し、ひとつの蓋を開けて名刺を一枚、わたしにさしだした。

「僕は五味幸三《ごみこうぞう》。よろしく」

百合丘さんも名刺をくれる。「百合丘むつ美《み》です」

「おや？」と五味さんはわたしが持っている紙袋に目をとめた。「もしやそれは、枡屋《ますや》さんの最中《もなか》じゃありませんか？」

「あ、ええ、はい。よかったら――」

「うれしいなあ、大好物なんですよ」五味さんはさしだすや否やすばやく受けとって、満面の笑みになった。

「せっかくだから、みんなでいただきましょうか」

ソファに座るよう、うながされる。いいのだろうか。逡巡《しゅんじゅん》しつつも腰かけようとすると、「お茶淹れるから、来て」と百合丘さんがぴしゃりと言った。奥にある給湯室に向かう彼女のあとを、あわてて追う。

「来客用の湯呑みとかはここ。来客用のいいお茶っ葉はこれ。あたしたち用のお茶っ葉とかインスタントコーヒーとかは、ここにあるから自由に使って」ぱっぱと百合丘さんは説明していく。「自分で使う湯呑みとかは、自分で用意して。ほかに飲みたいものがあれば勝手に持ってくればいいし。とくに決まりとかはないから、適当にやって。代わりに経費も出ないけどど」

説明しているあいだも、百合丘さんの手は湯呑みを用意し急須《きゅうす》に茶葉を入れお湯を入れ、と無駄なく動いていた。

「わかりました」給湯室をぐるりと見回す。古い給湯器に、タイル貼《ば》りの壁。古さが妙に懐かしい。レトロといったほうがいいのか。

百合丘さんがわたしの顔を眺めているのに気づき、視線を戻した。「すみません、なんでしょう」

「いや、べつに」と彼女は目をそらし、急須から湯呑みにお茶をそそぐ。ふわ、と煎茶《せんちゃ》のにおいがただよった。

「就活でよっぽどヘマやらかしたの？」

「え？」

「でなけりゃ、わざわざこんな田舎《いなか》に逃げ戻ってこないでしょ」

「…………」

百合丘さんはわたしの顔をちらりと見て、「べつにどうでもいいけど」と話題を切りあげた。どうでもいいなら最初から訊かないでほしい。

「パソコンは使えるわよね？　最近の若い子は使えない子もいるっていうけど」

「使えます」と答えてから、「ワードとエクセル程度なら」と付け足す。あまり過剰に期待されても困る。

「ああ、じゅうぶん、じゅうぶん。なにせ五味さんがパソコンまったく使えないもんだから、ちょっとでも使えるひとが欲しかったのよ。今日ひととおりやること教えるから、四月からできるようになってちょうだい」

「今日？」

「今日よ。せっかく来てるんだから、覚えていきなさいよ。あいさつして最中食べてハイさよならって帰るつもりだったの？」

いや、最中は食べるつもりではなかったが。

百合丘さんは部屋の壁にかけられた時計を見た。「いま一時二十分だから、お茶して二時半から五時までね。時給になるからたいした額にならないけど」

あ、時給出るのか。それならがんばろう、と現金なことを思った。

百合丘さんは湯呑みをお盆にのせて給湯室から出る。わたしの横を通るとき、つぶやくように言った。

「母親によく似てるわね。とくに目が」

え？　と訊き返そうとしたときには、百合丘さんはもう背中を見せていた。

春の陽《ひ》は沈みそうでなかなか沈まない。五時過ぎにビルを出ても、外はまだ明るかった。短い時間とはいえひさしぶりにパソコンとにらめっこしたので、目が疲れて頭が重い。経費、入金、取引先への支払額……数字ばかりでめまいがする。かと思えば市役所に出す企画書の清書だとか、イベントのちらしの校正だとか、ゆるキャラの着ぐるみの繕《つくろ》いだとか、こまごまとした作業もあった。いずれにしてもやはり目が疲れた。ゆっくりまばたきをくり返しながら歩道を歩く。ぬるい風が強く吹いている。店ののぼりがうるさくはためいていた。足もとをころころと転がる白い紙片がいくつもあると思ったら、桜の花びらだった。顔をあげると、大きな桜の木が歩道の上まで枝を広げていた。八分咲きくらいだろうか。この風であらかた散ってしまうかもしれない。いつも、もうすぐ満開だな、と思うころに強い風が吹いて散らしてしまう。でも風に舞う桜は掛け値なしにきれいだった。

百合丘さんに訊きそびれたままだ。母のことを知っているのかと。母と同年代のように見えるから、学校がおなじだったりしたのかもしれない。まあ、わりとどうでもよかった。母のことなど、さして訊く気にもならない。

桜の木があるのは、歩道沿いの小さな空き地だ。美容室と民家に挟まれている。なぜこんな小さな空き地があるのだろう、と思ったが、道路拡張のせいで小さくなってしまったのだろうか。目の前の道路は駅前から市役所前に続く大通りだ。さらにぐるりと城址《じょうし》を迂回《うかい》するように曲がって、郊外に伸びている。城址まではゆるやかな坂道になっているので、ここからでも石垣が見えた。高層建築物は市の条例で建てられないようになっているので、視界が開けていて気持ちがいい。石垣の上にも桜がある。白っぽく広がり、まるで雲みたいだ。あの桜を、一度だけ母と見た記憶がある。ひょっとしたら何度かあったのかもしれないが、覚えているのは一度きりだ。母は煙草を吸いながら休憩所のベンチに腰かけ、わたしは桜の花びらを拾っていた。だいたい母はつまらなそうな顔をしているか、ひとを小馬鹿にしたような笑みを浮かべているかで、そのときも、つまらなそうに脚を組んで桜を見ていた。桜だの雪だの、季節の風物にちっとも関心を持たないひとだった。記憶のなかの母はたいてい、男っぽいぶかぶかのシャツを着て、細身のジーンズか黒いサブリナパンツを穿《は》いている。それがものすごく似合っていた。ストレートの黒髪を長く伸ばし、化粧はほとんどせず、たまに薔薇色《ばらいろ》の口紅をさしていた。

女らしさやかわいらしさは鼻で笑って見向きもしなかったのに、母には強い吸引力があり、しょっちゅう男のひとと遊び歩いていた。もちろん、わたしをほったらかして。掃除機みたいね、と千代子さんは忌々《いまいま》しそうに言ったことがある。会う男、会う男、かたっぱしから吸いこんでいくんだから。

千代子さんの忌々しそうな視線は、いつも母のつぎにわたしに向けられた。あんたはあなっちゃだめよ、と言い聞かせられた。

ああなってはいない。なりたくもない。だが、ああなっていたら、すくなくともいまのわたしとは違う人間になれていた。そうしたら、違っていたことはきっといくつもあった。就活のときのことも、友人のことも――。

「こんな道端《みちばた》で花見？　茜ちゃん」

ぼんやりとしていたので、ぎくりとふり向く。たぶん、間の抜けた顔で桜を見ていただろう。

いかにも就活っぽいスーツ姿の仁木くんがいた。上着は脱いで小脇にかかえている。

「……あれ、仁木くんて就活してるの？」

「そりゃ、してるよ。まだまだはじまったばっかだよ」

「院に進むのかと思ってた」卒論のために研究対象の家に住み込むくらいなのだから。

「まさか」と仁木くんは笑う。「文系で院に進んでもねえ。俺はそのさきに進む気はさらさらないから、ここで就職しとかないと」

「ドライだね」

「まあうちのゼミ生は院に行くやつ多いけど。そもそも民俗学やろうなんてやつは変わり者だから」

「自分も含めてだよね？」

「変わり者で許されるのは大学までだからね。どうせなら特権を享受しときたいじゃん」

わけのわからない理屈だ。仁木くんらしいが。

「仁木くんは就職しても変わり者のままだと思う」

「俺は猫をかぶるのはけっこううまいんだよ」

「本気で言ってる？　下手だよ。胡散臭さが漏れ出てる」

「……まあ胡散臭いとはよく言われる」

さすがに笑ってしまった。仁木くんも苦笑いしている。

「なんだかんだ、違う人間にはなれないもんなあ」

ため息まじりにそう言って、きれいに整えていた髪をぐしゃぐしゃとかき乱した。

「今日は会社のひと相手にずーっと作り笑いしてたからさ、顔の筋肉疲れたわ。はあ」

「もう面接？」

「いやいや、ＯＢ訪問。茜ちゃんもやらなかった？」

「ああ、まあ……」

あいまいに言って、足もとを転がっていく桜の花びらを目で追った。花びらたちは歩道の縁石にせきとめられ、そこに溜《た》まっていた。

花びらを目で追うわたしの視線を仁木くんも追う。

「意外と桜とか好きなんだ？」

「意外とって」

「あんまりそういうの、興味なさそうに見えるから」

母じゃあるまいし、やめてほしい。

「桜は好きだよ。春が来たって感じがするし。花はよく知らないけど、桜だけはやっぱりとくべつって気がする」

「たしかにね。昔から春のはじまりの木だからね。この花の咲き具合で稲の実りの善し悪《よしあ》しを占ったりしたんだよ。サクラって名は稲の精霊の宿るものって意味だともいわれる」

「あ、なんか専門家っぽいね」

「いやまあ、いちおう専攻してるわけだからね……そうだ、花見でもする？」

「花見？　なに、急に」

「いま思いついた。城址公園にも桜があるだろ。日曜にでも、弁当持ってみんなで」

「みんなって」

「俺と、茜ちゃんと、千代子さん」

微妙なメンツだ。盛り上がる気がしない。

「これを機に親睦《しんぼく》を深めようよ」

「どの機……？」

「ちょうどさ、花見弁当にぴったりなのがあるんだ。九重家の年中行事メニューにさ」

「年中行事メニュー」

「さっそく千代子さんに相談してみよう。楽しみだなあ」

仁木くんはひとりで浮かれている。今日のOB訪問がよほどたいへんだったのだろうか。


田楽《でんがく》と菜飯《なめし》。仁木くんが提示したメニューはそれだった。

「なんで田楽と菜飯なの？」

と訊けば、

「田楽には菜飯って決まってるのよ」

と千代子さんが口を挟んだ。

「そうなの？」

「菜飯田楽って言うね。それでセットなんだよ。宿場町の名物で」

仁木くんが答える。

「江戸時代にはさ、お伊勢参《いせまい》りがはやってたろ。まあいまでもにぎわってるけど。で、お伊勢参りといえば春なわけ。気候がいちばんいいからね。九重家でも、春に行く。当主に分家、江戸店の番頭たちでそろってお参りするんだ。で、九重家の台所では、お参りの日の献立が菜飯田楽と決まってる。この家の献立にはいろいろと独自の決まりがあるんだよ」

ほらこれ、と仁木くんは調理台に置いてあったコピー用紙を手にとる。墨書きの帳面をコピーしたものだった。

「これはここの蔵で見つけたものだけど、『料理場年中行事』っていう、九重家の献立帳。『家政暦』が年中行事全般の指示書なら、こっちはそのおりに作られる料理のレシピだね」

「よく見つけたね」

「九重家が万事、きちんとしてるんだよ。なにかにつけてこうやって帳面に残して、蔵に保存して。ちゃんと後世に継がせていこうって意思がうかがえるね。立派なもんだよ」

「ふうん……」

自分でも知らない自分の家のことを、他人から聞かされるというのはふしぎな感じだ。よその家のことを聞いているみたいだった。

水切りした木綿豆腐に竹串《たけぐし》を刺し、コンロにのせた網の上で焼く。「焼き番くらいならできるでしょう」との千代子さんのお達しで、わたしは豆腐の番をすることになった。しかし、料理にほかのひとの手を入れたがらない千代子さんが作業を分担させているだけでも、雪が降りそうな事態である。これは仁木くんの提案による。「昔も年中行事の献立はひとりの女中が作っていたわけじゃないんですから、再現という意味ではみんなで手分けしないといけません」だそうだ。千代子さんは仁木くんの言うことなら聞く。

千代子さんはわたしの隣で小鍋のなかの赤味噌だれを木べらで練っていた。赤味噌に酒、みりん、砂糖を混ぜて、弱火にかけてよく練るのだが、焦がさぬよう、じっくり水分を飛ばさねばならない。わたしがやったら十中八九、焦がすだろう。千代子さんは木べらで味噌をすくいあげて硬さをたしかめたあと、火をとめた。そこに溶いた卵黄を加えて手早く混ぜる。ぼんやりとその手際を眺めていたら、「ぼうっとしてないで、ほら、豆腐」と千代子さんに急《せ》かされる。焼けた豆腐の串を渡した。千代子さんはそれに赤味噌だれを塗って、ふたたび網の上に置く。豆腐の端からこぼれ落ちそうになっている味噌がすぐに焦げて、香ばしいにおいが台所にたちこめた。

「焼きたてが食べたくなるね、これ」

うしろから仁木くんが網をのぞきこむ。

「食べてみればいいんじゃない、味見に」

「おお、いいね。つまみ食い」

仁木くんの受け持ちはほぼ終わっている。彼はご飯係である。菜飯だ。仁木くんはお米をといで炊飯器にセットし、大根葉をゆでて細かく刻むところまですませていた。彼が空いたコンロで白ごまを炒《い》っていると、炊飯器のメロディーが鳴る。

仁木くんが動くより早く、千代子さんが炊飯器の蓋を開け、炊《た》けたご飯に大根葉を混ぜた。「はい、ごまを入れて」と仁木くんに指示する。やはり台所の主導権は千代子さんにある。白ごまを入れてしゃもじでかき混ぜると、ごまのいい香りがした。

「菜飯はおにぎりにすればいいかしらね。俵形《たわら》がいいわね」

「いいですね。いかにもお弁当だ」

「茜、竹籠《たけかご》のお弁当箱があったでしょう。あれを出しておいて」

「え、どこだっけ」

「そっちの簞笥の二段目よ。ほんとうにすこしも物の場所を覚えない子なんだから」

千代子さんは壁際の水屋簞笥を指さす。黒光りしている古い簞笥だ。竹籠のお弁当箱なんて、使った覚えがない。しまってある場所なんてわかるはずないではないか。棚の引き戸を開けると、竹籠の箱があった。これだろう。とりだしてみて、あれ、と思った。見覚えがある。真四角で平べったい箱。たしか蓋を開けると、もうひとつ竹籠が入れ子になっていなかったか。蓋をとる。べつの竹籠が入っていた。

「これ、前にも使ったことある?」

「なに言ってるの、何回も使ったわよ。あんたの運動会とか、お花見とか」

「花見……お母さんと?」

千代子さんはちょっと手をとめた。

「そうね。そんなこともあったわね」

言葉少なに返してくる。母がいなくなって以来、千代子さんはあまり母についてしゃべらなくなった。母がいるあいだは、あんなに文句ばかり言っていたのに。いま、わたしに言うように。

「お母さん、いまごろどこにいるんだろうね」

ふだんはわたしも母の話題は出さない。だが、なんだかむしゃくしゃしてわざと母の話題をつづけてみた。

「わたしが知るわけないじゃない」

千代子さんは叩きつけるように言った。口調のきつさに、あっけにとられる。母の話題が気に障《さわ》ったのだろうか。いまだに千代子さんはよくわからないところがあった。

「うまいよ、これ」

仁木くんが脳天気に田楽をかじっている。「食べる?」と食べかけの田楽をさしだされる。いると思うのか。

「いらない」

思い切り顔をしかめて言うと、仁木くんは笑った。

朱塗りの箱膳《はこぜん》の上に、器に盛った菜飯田楽をのせて、仁木くんはカメラのシャッターを切った。卒論に添えるための写真だ。箱膳は仁木くんが蔵から見つけてきたもので、かつてこの家で使われていたものらしい。料理だけでなく、彼は家のあちこちを「いい資料になるなあ」と嬉々《きき》としてカメラに収めていた。たまにわたしや千代子さんまで撮ろうとしてくるのがうっとうしい。「この家で実際にひとが暮らしてる生活風景が撮りたいんだよ」と仁木くんは力説するが、わたしは資料でもなければ見世物でもない。断固拒否している。そもそも写真を撮られるのが好きではない。

写真撮影がすむと、花見にくりだした。桜はほぼ満開である。城址公園は花見客でにぎわっていた。それでも都会のように前夜から場所取りをしなければならないということはない。にぎわいからすこし離れたところに茣蓙《ござ》を敷いて、わたしたちは腰をおろした。けっこう、寒い。天気はいいのだが。

「寒いな。コート着てきてよかった」

「寒いなかビールって、冷えない?」

仁木くんは冷蔵庫で冷やした缶ビールを持参していた。さっそく飲んでいる。

「いやいや、これもまたうまいんだよ。茜ちゃんは飲まないの?」

「いらない。見てるだけでなんか寒い」

わたしはダウンコートの襟を合わせた。コートの下も冬物のニットとジーンズだ。花見だからと浮かれて薄着してこなくてよかった。仁木くんもダッフルコートの下にタートルネックを着ている。ちっとも春らしくない。

「花見のときってけっこう寒かったりするよなあ、毎年。数日前はあったかかったりするから、だまされて薄着で出かけて風邪ひくっていう」

「花冷えね」ときちんと正座した千代子さんが言う。千代子さんは木綿の着物の肩にあたたかそうなショールを羽織《はお》っていた。

「桜が咲きはじめて、春になったと思っていたら急に冷え込むものよ。――熱燗《あつかん》を持ってきたほうがよかったかしらねえ。ビールは体を冷やしますよ」

「いえいえ、俺、花見はビールって決めてるんで。千代子さんは日本酒、いけるくちですか」

「寒いときに卵酒にするくらいね」

「ああ、卵酒！ いいですね、俺もあれは好きです」

砂糖を入れてうんと甘くした卵酒は、わたしも風邪気味のときによく作ってもらった。ああいうときに飲む卵酒は、かくべつおいしい。母は千代子さんの料理をあまり好まなかったが、卵酒だけはせがんで作ってもらっているのを何度か見た覚えがある。自分で作れる歳だろうに、絶対に自分では作ろうとしなかった。千代子さんも、文句を言いつつも台所に母を立たせたことがなかった。

「名前が出ると飲みたくなるなあ、卵酒」

「帰ったら作ってあげましょうか」

「いいんですか？ お願いします」

わたしは田楽の串をつまんで、口に運ぶ。冷めているが、これはこれでおいしい。しっかり水切りしたので豆腐は弾力があって、豆の風味も濃くなっている。赤味噌だれもまた濃厚で、ちょっと香ばしいのがいい。

「あつあつもいいけど、冷めたのもおいしいなあ」

仁木くんも田楽を食べはじめたと思ったら、あっというまにたいらげて、早くもふた串めに手が伸びていた。

「冷めてもおいしいって最強だよね」と仁木くんは言う。「あつあつはおいしくても冷めるとまずいってあるじゃん。でも冷めてもおいしいものはあつあつでもおいしい」

どうでもいいので聞き流す。千代子さんは「あんまり熱いのも冷たいのも体によくないから、冷めてるくらいがいいのよ」などと言っていた。たしかに千代子さんの出す料理であつあつのものはほとんどない。というか、和食がそもそもそういうものなのか。ふと、わたしがクリームシチューを好むのは、熱いからだろうか、と思った。千代子さんが食べさせたがる料理には、熱がない……。

「この味噌だれがいいですね。赤味噌なのに味噌くさくないというか、まろやかで」

「そうねえ。酒やら卵黄やら混ぜるからでしょうねえ」

会話はふたりに任せて、わたしは菜飯のおにぎりに手を伸ばす。こちらは大根葉がしゃきしゃきして、さっぱりしているのが田楽の濃い味と合う。炒りごまの風味がふっと香ってくるのもさわやかな感じがする。田楽と菜飯、いい組み合わせだ。こういうものを編み出す昔のひとはえらい。

仁木くんが千代子さんとしゃべりながらおもむろにカメラを手にしたかと思うと、わたしに向かってシャッターを切った。

「ちょっと、不意打ちは卑怯《ひきょう》でしょ」

「不意打ちじゃないと撮らせてくれないし」

「消しなさいよ」

「まあまあ、いい顔撮れてるから見て」

「見ない」

顔を背けた。年々、写真が嫌いになる。母そっくりになってゆく顔を確認するのが、いやでたまらない。

仁木くんはカメラの画面を千代子さんに見せている。

「景子そっくりになってきたわね」

千代子さんはつぶやく。耳をふさぎたくなった。『あんたはああなっちゃだめよ』と千代子さんはしょっちゅうわたしに言い聞かせたのに、帰省するたび、しみじみと『景子に似てきたわねえ』と言った。

「九重家では、お伊勢参りはいつまでやってたんですか？」

仁木くんは満開の桜にカメラを向けながら千代子さんに尋ねる。

「わたしの子供のころまでね、やってたのは。あのころはまだ店もあったし、家族も多かったから。ああでも、年中行事としてじゃないけれど、お伊勢参り自体は何度かしたわね、茜をつれて」

ふいにそう言われて、千代子さんに目を向ける。

「そんなこと、あったっけ……？」

「あったわよ。二回くらい行ったかしらね。どっちも喜夫がつれていってくれたのよ、わたしとあんたを」

そういえば、喜夫おじさんにつれられて神社にお参りしたことがあったような気もする。たぶん、小学生のころだろう。

「喜夫は験担《げんかつ》ぎしたがるところがあるから、お伊勢さんにもときどきお参りしてるのよ。そういうところ、血筋なのかしらね。あんたと景子は、そういうのにちっとも関心がなかったけど」

思い出すように千代子さんは桜の木を見あげている。

「景子もあんたも、初詣《はつもうで》さえ面倒がってたものね。あんたたち、面倒がりかたが妙にそっくりでね」

どうしてそんなに、楽しげに言うのだろう。ああなるな、と言っていたひとが。桜を見つめる千代子さんは、眉をひそめたわたしの顔を見ていない。

「なんでかしらねえ、顔以外は似てないところのほうが多いんだけど。あんたは生真面目《きまじめ》すぎるところがあるから、あの子のちゃらんぽらんさがちょっとは似ればよかったのにねえ」

千代子さんは笑う。胸の奥がしんと冷えた。

風が吹いて桜の花びらが降ってくる。白い紙くずのようだ。その奥から声が聞こえてくる気がする。

――あんたはああなっちゃだめよ。

風が呪《のろ》いを吐いて、去ってゆく。わたしに呪いをかけたことさえ、忘れて。

四月も終わるころ、喜夫おじさんからひさしぶりに電話があった。

「おう、茜か。そろそろ仕事に慣れてきたころか?」

いつもの朗らかな調子で訊いてくる。

「うん、まあ」

「あいかわらずだな。まあ、うまくやってるんなら、よかったよ。千代子おばさんともうまくやってるか?」

「……うん、まあ」

おじさんは喉の奥で笑うような、くぐもった声を洩《も》らした。

「そっちもあいかわらずか。千代子おばさんは口うるさいからなあ。景子も反抗してばっかりだったよ」

「わたしはべつに、反抗してるわけじゃ……」

「頼んでた件は、どうだ?」

するりと、おじさんは用件をさしはさんだ。ごく軽い口調で。反対に、わたしはちょっと口ごもった。

「まだ、戻ってきたばっかだし……」

「ま、そうだな。忘れてないなら、いいんだよ。また連絡するから、よろしくな」

勝手に言って、電話は切れた。忙しいおじさんは、あまり長電話をしない。携帯電話の画面を、しばし眺める。そこに正解が浮き上がってくるわけではない。ため息をついて、窓ににじりよる。眼下には中庭があり、左に目を向ければ、使っていない部屋ばかりの母屋がある。千代子さんの部屋も母屋ではなくここの一階にあった。

——千代子おばさんは、あの家をどうするつもりなんだろうな。おまえ、聞いてるか？

二月に電話をくれたとき、おじさんはそんなふうに切り出した。

——あそこは駅からも近いし、土地も広い。ただの民家にしとくには、惜しいんだよなあ。

おじさんの狙《ねら》いは、なんとなく察しがついた。

千代子さんが死んだら、この家はどうなるのだろう。それは、考えないでもなかった。でも、わたしには遠いことに思えた。わたしはこの家にずっと住みつづけたいとは思わない。ここにいては、母の影から逃れられない。

——千代子おばさんさ、遺言書を作ってあるんだとさ。

おまえ、それをさがしてくれないか、とおじさんはわたしに頼んだ。ついでに、土地の権利書もさ、

第二章

茅《ち》の輪と梅干し

父親を知らず、母親が男と駆け落ちした少女という記号は、わたしの上にまぼろしの翳《かげ》をかぶせたようだった。

中学に入ると、同級生たちは、いたってなごやかに、やさしくわたしに接した。小学生のころからわたしはさほど友だちづきあいが密ではなく、ひとりでいるほうが好きという子供だったが、それでも近所の子、数人と放課後いっしょに遊んだりすることはあった。しかし中学に入るとそういうことはなくなった。かといって疎外されていたわけではない。つかず、離れず。あいさつやちょっとした会話はするけれど、長々と話すことも、そばにいることもない。つねに遠巻きにされているような感じだった。会話に困ったからだと思う。うっかり家庭の話題に踏み込んでしまうといった失敗をおそれているようだった。そのいっぽうで、彼らはいちように親切だった。中学ともなると、不幸に見舞われた子をあわれむという精神が確立されているのだろう。ようするに、わたしは腫れ物あつかいだった。

先生たちは、おそらく先生たちのあいだでそういう方針が決まったのだろう、ほかの生徒とわたしを区別しなかった。が、そんな方針からはみだしたのが、二年生のときの担任だった。そのころ二十代後半くらいだったろうか、男の先生だった。

英語担当の先生で、童顔で背が高く、快活なひとだった。親しみの持てる先生だったので、生徒にも人気だった。二年生になった当初から先生はわたしをひどく心配して、「相談事があればなんでも言ってくれ」とか「困ってないか？　大丈夫か？」とか声をかけてきた。とくに相談事も困っていることもなかったので、わたしは「大丈夫です」と返すのがつねだった。

なんだか近いな、とふと感じたのは夏休み前だったと思う。距離が近い。心理的なものではなく、物理的に。先生は体が触れあいそうなくらいそばに立つ。どうかすると、触ってきた。肩だとか、背中だとか。変な触りかたをするわけではない。ぽんぽんと、励《はげ》ますように触るだけだ。でも、夏場だったからだろうか、薄いブラウスごしに伝わってくる手のひらの熱が、気持ち悪かった。

「なにかあったら力になるから」が「なんでもいいから力になりたいんだ」に変わったのも、このころだった。

「つらいときは無理しなくていいんだぞ」とも言った。そっけなくすればするほど、どうも先生にはわたしが『つらくても気丈にふるまっている少女』に見えているようだった。

そういう翳をわたしの上に勝手に落として、先生は幻影にのめり込んでいったらしい。やたらとわたしに用事を言いつけたり生徒指導室に呼びだしたりしてはふたりきりになろうとしたし、車で送っていこうとしたし、休日に会おうとした。ほかの先生たちが「ちょっと行きすぎなのでは」と言いだすころには、生徒のあいだではとうに噂《うわさ》になっていた。注意を受けたらしい先生は、校内でわたしに近づくことはなくなった。代わりに、校外でわたしに接触しようとしてきた。折悪《おりあ》しく夏休みに入り、わたしが出かけると、行くさきにかならず先生がいた。さすがにおそろしくなった。

狭い田舎である。先生が校外でわたしにつきまとっていることなど、すぐ保護者や生徒のあいだで取りざたされて、学校にも伝わった。新学期になっても先生は現れず、学年主任の先生から病気療養と聞かされ、その後ひと月もしないうちに退職したことを告げられた。

中学生の子供相手に本気で夢中になっていたのだろうか、といまでも解《げ》せないが、当時まわりの生徒たちは、母の行状とからめてわたしを『魔性の女』と呼んだ。やはりあの母親の娘なのだ、とささやいたのは、たぶん、彼らの親たちではなかっただろうか。その呼称は次第に消えていったが、高校に入ってから再燃した。このときは同級生カップルの痴話ゲンカに巻きこまれた。男のほうがわたしを好きになったとかどうとかで別れ話になり、怒った女の子と派手なケンカになったのだった。わたしはいっさい蚊帳《かや》の外だったにもかかわらず、校内で勃発《ぼっぱつ》したケンカだったためにその理由は多くのひとに知れわたった。結果、またぞろ母の駆け落ちと『魔性の女』とが浮上することになった。母の影はどこまでもわたしにまとわりつく。鏡に映るわたしの顔は、記憶のなかにある母の顔と重なってゆく。逃れられない。

それでも大学に入ると、母のことを知るひともいなくなり、周囲は平穏になった。友だちもできて、わたしは楽しく過ごせていた。

そう思っていた。


味噌汁のにおいがただよっている。着替えと洗顔をすませて台所に入ると、千代子さんが鍋をかき混ぜていた。炊きあがったご飯のにおいもする。調理台にはぬか漬けや卵焼きの皿のほか、大ぶりのやかんが置いてあった。

「お寺さんから甘茶をもらってきたから、今日はそれを持っていきなさい」

「甘茶？　ああ……」

壁に貼られたカレンダーを見る。五月八日。灌仏会《かんぶつえ》か。世間だと四月のことが多いが、近所の菩提寺《ぼだいじ》ではいつも旧暦に行われている。わたしには『花祭り』といったほうが馴染みがある。子供のころ、あぜ道でれんげやたんぽぽを摘んでは、お寺にある小さなお釈迦《しゃか》様《さま》の仏像にお供えした。そこで甘茶をもらって帰ってくる。文字どおり、甘いお茶である。ほうじ茶にほのかな甘みが加わったような風味で、たくさん飲めと言われたらちょっと困るが、嫌いな味ではない。わたしはやかんから湯呑みに甘茶をそそいで、舐《な》めるようにひとくち飲んだ。懐かしい。立ったままのわたしに千代子さんが「お行儀の悪い」と顔をしかめた。

「おはようございます」

仁木くんがあくびをしながら台所にやってくる。パジャマのままだし、髪には寝癖がついていた。だらしない。

「ん？　それなに？」

仁木くんはめざとくやかんに気づき、わたしの湯呑みをのぞきこんだ。

「ひょっとして、甘茶？」

そうだと答えると、彼はさっと湯呑みを奪った。ひとくち飲んで、『おいしくはないがまずくもない』みたいな顔をした。

「ちょっと、それ、わたしの」

「甘茶ってはじめて飲んだ。ふうん、こういう味なのか」

はい、と湯呑みを返してくる。ひとのものを勝手に飲むな。

「九重家では、灌仏会の日には仏間の釈迦像に膳を供えるんですよね」

仁木くんは千代子さんのほうをふり向く。「あとで写真を撮らせてもらっていいですか」

「膳といったって、なにもとくべつなものじゃないのよ。わたしたちのふつうの朝ご飯を膳にのせてお供えするだけ。そんなものでいいなら、どうぞ」

千代子さんの答えに、そういえば、そんなことをしていたな、とわたしは思い出す。漆塗《うるしぬ》りの膳があって、そこに千代子さんはご飯やらぬか漬けやらを盛った器をのせて、仏間に運んでいた。そういう世話を任されたことがないので、よくは知らない。千代子さんはなんでも自分ひとりでやってしまう。一度手伝おうとしたら、『味噌汁をこぼされたりしたら、掃除するのはわたしなんだから』と言われたことがある。

「茜、ほら、ぼうっとしてないでご飯運んで」

千代子さんが卵焼きの皿をさしだしてくる。うん、とそれを受けとって隣の部屋に運ぶ。この日の味噌汁の実は豆腐と大葉だった。味噌汁の椀《わん》を手にとると、刻んだ大葉のさわやかな香りがふわりと立ちのぼった。ふと、初夏だな、と思った。

水筒に入れた甘茶を持たされ、家を出る。職場までの道にある桜の木がいまは青々とした葉を茂らせている。やわらかな風に吹かれて、陽光が葉の上で躍っているのを見るのは快《こころよ》い。が、うっかりすると毛虫が降ってくるので、木陰《こかげ》をよけて歩いた。

事務所の重たいドアを開けると、五味さんがすでに来ていた。いつもいちばんのりなのはこのひとである。朝いちばんに来て、ざっと掃除をすませ、お茶を淹れて、奥のデスクでおまんじゅうを食べている。あいさつを交わして、「甘茶って、お好きですか?」と尋ねた。

「甘茶? 花祭りの? 好きですよ」

と言うので客用の湯呑みに甘茶をそそぎ、おすそわけした。

「へえ、九重さんとこのお寺では、旧暦ですか。僕のほうでは先月でした」

「旧暦でやってるところのほうが、すくないですよね」

などと話しているうち、百合丘さんも重いドアを「よっこいしょ」と開けて入ってきた。ピンストライプのシャツの袖《そで》をまくって、首には細いネックレスがきらりと光っている。ネイビーのゆったりしたパンツに、足もとは白いデッキシューズ。初夏だな、とまた思った。百合丘さんのファッションが、わたしはひそかに好きである。

「百合丘さんは、甘茶はお好きですか」

そう訊くと、百合丘さんは顔をしかめた。

「嫌い」

はっきりしている。

「甘ったるいお茶って、苦手なのよね。子供のころは無理に飲まされて、いやだったわ」

「お寺さんでもらうお茶ですか」

「そうそう。田舎だからね、お寺の行事とか、地区の行事とか、たくさんあったものよ」

「いまはそんなのもすくなくなったけどねえ」

五味さんがため息まじりに笑った。「うちの孫は、花祭りは知らないけどイースターなら知ってますよ。こないだ卵にマジックで落書きして、嫁に怒られてね」

「まあ、お釈迦様の像に甘茶かけるよりイースターエッグやらウサギやらのほうが圧倒的にかわいいもんね」

ねえ、と百合丘さんに話をふられて、わたしはちょっと首をかしげた。

「企業が押しつけてくる横文字の行事って、あんまり好きになれません」

言ってから、『そうですね』とでも同意しとけばよかったところだ、と気づいた。わたしはいつでも気づくのが一拍遅い。

が、百合丘さんは、唇《くちびる》の端を上げて笑みを浮かべた。機嫌のいいときの笑いかただ。このひとの笑うツボが、わたしはいまだわからない。

この職場で、わたしは思ったよりうまくやれている、と思う。たぶん。それなりに。仕事は忙しくなるとてんてこまいだが、複雑なことは求められない。基本、ルーティンワークだ。五味さんはひとのいいおじいさんだし、とっつきにくそうだった百合丘さんにも慣れてきた。いくらかほっとしている。

でも、そういうときほど、悪いことは起こるものだ。

その日は、初夏を飛び越え、夏日だった。朝から照りつける陽ざしが暑い。強烈な夏の陽ざしは、『分厚い』という感じがした。

事務所内のエアコンは効きが悪く、来客の男性は「暑い」を連発していた。なんとかいうイベント会社の代表だという四十代後半くらいのその男性は、リネンのジャケットにTシャツとジーンズというたってラフな出で立《た》ちだったが、高そうな時計をつけて、妙に先のとんがった魔女みたいな靴を履いていた。表情ゆたかで舌もなめらかな、全身から熱を発しているようなひとだ。体育会系の先輩に気に入られていそうだなと思った。このひとは麦茶を出したわたしを見るなり、「あれ、新人の子? かわいい、っていうかきれいだね、ちょっと翳があるのがいいな。あのＣＭの女優に似てるって言われない? ほら、お茶の。前にうちのイベントに出てもらったことがあるんだけどさあ。君、よかったら今度うちのイベントの手伝いに来ない？」と滝のようなおしゃべりを浴びせかけた。わたしは「失礼します」とだけ言って早々に退散し、以後、衝立の陰で息をひそめて存在感を消している。ものすごく苦手なタイプだった。

「いやあ、暑いなあ。五味さん、熱中症に気をつけないといけませんよ。あ、これコピーとらせてもらっていいですか？　コピー機はこっち？」

彼は衝立からこちらにずかずかと入りこんでくる。百合丘さんはいま銀行に出かけていないので、わたしが対応するしかない。

「古いコピー機だなあ。えーと、君、名前なんていうんだっけ？」

「……九重です」

「ココノエさん。これってどう使うの？」

「やります」

「いや、いいよ、いいよ。教えて？　いやあ、いまだに紙でないとってひとは多いもんだから、困るよね。ココノエさんて、めずらしい名字だね。名前はなんていうの？」

聞こえなかったふりをして、コピー機に紙を補充した。

「ここに紙をのせてください。何枚いりますか」

「五枚、いや十枚かな。さっきの話だけどさあ、手伝いじゃなくて遊びにでもいいから、よかったら来てよ。ね？　これフライヤーと僕の名刺」

チラシと名刺をさしだされる。名刺にはＬＩＮＥのＩＤが殴り書きしてあった。いつのまに書いたのだろう。

「連絡くれるとうれしいな。僕はまだまだこの地域で知らないことも多いからさ、隠れた名所とか、ご飯のおいしい店とかあったら教えてくれると助かるんだ」

彼は拝むようなしぐさをする。——この手のひとのたちが悪いのは、こちらの良心につけこむところだ。困っているようだったら、手助けしてあげようかと思うのが人情だろう。

明るくて、他人との壁がなくて、話しやすい。こういうひとを、ほかにも知っている。彼らの内面は、その実、じっとりと熱を帯びて湿っている。

胸の底に沈めたはずの顔が浮かんだ瞬間、堰《せき》を切ったようにつぎからつぎへと記憶が押し寄せては、消えていった。頭のなかで光が明滅する。背中が冷水を浴びたように総毛立った。このひとの隣にいたくない。手にした名刺がひどく汚らわしいものに思えた。暑いのか寒いのかわからない、冷えた汗がじわっとにじんでくる。頭の上のほうから血の気があっというまに引いてゆく。とっさにコピー機によりかかって、しゃがみこんだ。

「わっ、なに？」飛びのく男の足が見えた。「え、なに、熱中症？」

声が遠い。膜がかかったみたいだ。その膜の向こうから五味さんの声も聞こえた気がした。ドアの開く軋む音がする。この音だけは妙にくっきりと耳に届いた。誰かが近づいてくる。背中にそっと手がのせられたのがわかった。

「九重さん、聞こえる？」

百合丘さんの声だった。

「……はい」

口のなかが乾いている。出た声はかすれていた。「あの、立ちくらみで。すみません」

なんとかそう言うと、「なんだ」とほっとしたような男の声がする。「大丈夫？　病院行く？　救急車呼んだほうがいいのかな？」というううろたえた声は、五味さんだ。

「大丈夫……です。ちょっと休めば」

「ひとまず落ち着くまでここに座ってなさい。水分とって。――五味さん、冷蔵庫にミネラルウォーター入ってるから、持ってきて」

てきぱきと指示をして、百合丘さんはわたしを床に座らせた。膝をかかえこむ。もらった水を飲んで、目を閉じ、膝に額をのせていると、ゆっくりと頭に血が戻ってきた。

いつのまにか、あのイベント会社の男のひとはいなくなっていた。すこし離れたところで五味さんが心配そうにわたしを見ている。百合丘さんはテーブルに残った麦茶のグラスをかたづけていた。

静かだ。ほっと息を吐いた。

「うわ、ＬＩＮＥのＩＤ。おいしい店あったら教えてとでも言われたんでしょ？　やだやだ」

百合丘さんは床に落ちていた名刺を拾いあげて顔をしかめると、それをぐしゃりと握りつぶしてゴミ箱に捨てた。

「五味さん、あの男を若い女の子に近づけたらだめだって言ったでしょうが。すぐひっかけようとするんだから。ほうぼうから苦情出てるの、知ってるでしょ」

「うん、でも、さっきは九重さんと世間話してるだけだったものだからね」

世間話。そう見えていたのか。

「五味さんはひとがよすぎて、だめね」

百合丘さんがバッサリと言った。

「世の人間がみんな五味さんみたいだったら、平和なんだけど」

「みんな百合丘さんみたいだったら、おもしろそうだよねえ」

「個人主義が過ぎて社会が成り立たないわよ」

わたしみたいだったら、どうだろう。暗澹《あんたん》たる気分になって、考えるのをやめた。

コピー機に手を置いて、ゆっくりと立ちあがる。めまいはしない。大丈夫そうだ。

「ソファに座ってなさい」

百合丘さんの指示におとなしく従い、応接用の革張りソファに腰をおろす。

「動けるくらいになったら、今日はもう早退しなさいよ。急ぎの仕事もないし」

「いえ、大丈夫です」

早退なんてしたら、千代子さんになんて言われるかわからない。自己管理がなってないとか、なんとか。

「ちょっと立ちくらみしただけですから。すみません」

「……まあ、それならいいけど。他人にあなたの体の調子なんてわからないんだから、無理なときくらい、自分で判断しなさいよ」

百合丘さんの口調にはよぶんなぬくもりがないが、言っていることはおおよそまっとうだった。

「はい」と返事をしつつ、こういうひとが母親だったら、どうだったろう、などと考えた。こんな無意味な空想を巡らすのは、弱っているからだろう。くだらない。

五味さんが壁の時計を見あげ、「じゃあ、ちょっと早いけど昼休憩にしようね」と言った。

「暑いから、外に食べに行くのはやめて出前にしようかなあ。ざるそばとか。天ぷらの盛り合わせもつけて……百合丘さんと九重さんは、どうする？」

「あたし天丼《てんどん》が食べたい。芋の天ぷらいらないから、茄子とししとうの天ぷら増やしてって頼んで、五味さん」

「はいはい。九重さんは？　メニューいる？　それともべつのとこにしますか」

「いえ、わたしもざるそばで」

「とろろそばにしたらどうですか。元気が出ますよ。若い子は食べないかな、とろろ」

「いえ、好きです。じゃあ、そうします」

「僕もとろろそばにしようかなあ。うん、そうしよう」

五味さんはひとりごちて、電話をかけはじめた。五味さんはおじいさんだけど、妙に少年っぽいところがある。少年っぽい、というのがどんなだか、うまく言えないけれど。のんびりしたひとなので、話しているとこちらも落ち着いてくる。

出前を待つあいだ、衝立から百合丘さんがひょいと顔を出した。

「念のためなんだけど」

「はい」

「さっきの男さ、イベントに有名な女優を呼んだだのなんだの、調子のいいこと言ってなかった？　真《ま》に受けないようにね」

「はい」

わたしの返答に、百合丘さんは『ほんとにわかってんのかしら』みたいな顔をした。

「わかります。ああいうひとを、知っているので」

そう付け足すと、百合丘さんはすこしのあいだ、わたしの顔を眺めた。

「ああ、そう。それは、たいへんだったわね」

いろんなことを見透かしたように言った。

「いえ……」

わたしは膝の上にのせた両手に目を落とす。手のひらがじっとりと汗ばんでいる。汗をかいているのに、鳥肌が立つような寒さを覚えた。

「手をね」

百合丘さんの声が頭上から降ってきて、はっと顔をあげる。そばに百合丘さんが立っていた。

「こうやって、ぎゅっと握ってみて」

彼女はこぶしを握っている。「力いっぱい」

「はあ」よくわからないが、言われたとおり、両手を握りしめる。

「それで、ぱっと力を抜く」百合丘さんは両手を広げた。わたしもそれにならう。すう、と力が抜けて、こわばっていた肩から背中にかけてが、軽くなった。

「ちょっと楽になるでしょ。緊張したときとか、眠れないときとか、これやるといいのよ」

百合丘さんはとくに笑いかけるでもなくそう言って、衝立の向こうに戻っていった。

届けられた出前のとろろそばには、うずらの卵黄がのっていた。とろろはひんやりとしてのどごしがよく、お腹《なか》のなかに染みわたるようだった。

就活がはじまったころ、ゼミの教授からＯＢ訪問先を紹介された。教授の昔からの知人だという話で、これまでにも受け持ちの学生を紹介したことがあったという。ゼミの教授は五十代半《なか》ばの女性で、口調がきつく厳しいひとではあったが、指摘は的確かつ公平で、あっさりしていた。彼女のドライさが楽だったし、なんにつけても信頼がおけた。だから、紹介されたＯＢについても疑わなかった。いや、はじめて会ったとき、これがあの教授の知人なのか、と意外に思ったことは覚えている。

明るいひとだった。それもわたしの苦手とするむやみやたらにうるさいタイプの明るさではなく、朗らかで、こちらの舌をなめらかにさせる明るさだった。聞き上手なのである。聞き上手なのは、話し上手だからだ。彼は間《ま》のとりかたが抜群にうまく、口下手なわたしにはつねにある気まずい沈黙というものがただの一度もなかった。四十代くらいかと思ったら五十代だったので若々しさに驚いたが、それでもおじさんには変わりない。ジムに通っているというだけあって引き締まった体つきだったが、とりたてて顔がいいというわけでもなく、かえってそのぶん、好感の持てるいいおじさんという印象だった。既婚者だったのもあり、若い男性にいだくような警戒心を、わたしは持たなかった。だから連絡先も交換したし、就活の相談にのってもらったりもした。

たびたびランチに誘われるようになり、ランチが居酒屋になり、会話の中身が就活や仕事の話から私生活になるにいたって、どうもおかしい、と思いはじめた。LINEで送られてくるメッセージが妙に馴れ馴れしくなって、誘いを断ると採用試験への影響をちらつかせるようになった。あの明るいひとがこんな陰湿でねちっこい文章を寄越すのかと、にわかには信じがたく、混乱した。中学のときの先生を思い出した。あの先生もからりと陽気なひとだったのに、わたしにまとわりつくときには妙に湿り気のある口調と目をしていた。わたしがそうさせるのだろうか。それとも、わたしがそう感じるだけだろうか。

わたしはまず教授に相談した。LINEの内容も見せた。彼女はそれをちらと一瞥《いちべつ》し

て、

『ご飯をおごってもらってたんでしょう？』

と言った。

『だから何度もご飯の誘いにのってるわけでしょう。そういうのは、よくないわ。相手が勘違いするのも無理ないことよ。それで個人的に興味を持たれたら、すぐこうして言いつけに来るなんて……』

さらに混乱した。そうなのだろうか。わたしは確固とした判断基準を持っていなかった。

つぎに友人たちに話した。彼女たちから返ってきたのは、冷笑だった。

『茜ちゃんって、美人だもんね。たいへんだね』

愕然《がくぜん》とした。どうも、男性に言い寄られて困っているアピールだと思われたらしい。どう訴えれば伝わったのだろう。何度も考えてみるけれど、いまだにわからない。たぶん、このさきも。

嫌われていたのだな、と、わたしは愚かにもこのときまで気づいていなかった。みんな、好きだから友人をやっているわけではないのだ。

教授や友人たちの反応から察するに、どうやらわたしの態度がよくなかったらしい、と思ったので、誤解を正すためにＯＢのひとと会う約束をした。わたしは馬鹿だったと思う。いまでもそうだろうけれど。

指定された居酒屋で顔を合わせた彼はやはり朗らかで、わたしはやはりあのLINEを送ってきたひとは別人なのではないかという気がした。気のせいだった。こちらに酒をすすめながら『君のためを思って言うんだけど』という彼の説教はねちねちとして陰険だった。これだけ相談にのったのに誘いを断るのは社会人としてなってない、内定が欲しいなら自分とは仲良くしておいたほうがいい云々《うんぬん》と、もちろんそのまま言いはしなかったが、ようはそんな話だった。つづきは二軒目で話そう、と連れて行かれた薄暗いバーで手を握られたとき、その湿り気にぞっとした。やはり中学のときの先生を思い出した。あの手の熱。じっとりとして、気持ち悪い体温。このひとはあの先生とおなじものを持っている、と思った。こういうひとたちは、みな、こんな湿った手をしているのだろうか。

わたしはとっさにその手を払いのけて、バーを飛び出した。彼はなにか言ったようだったが、聞かなかったし、ふり返らなかった。とにかく走った。タクシーをつかまえるまで走った。逃げなくてはいけない、と本能的に悟ったのは、中学での経験があったからだった。それを幸いと言っていいのかどうか、わからない。道もよくわからないまま走っているうち、ホテル街に迷い込んだときには、ここに連れ込まれていたかもしれない、と心底おののいた。

タクシーに乗ると、体が震えてとまらなくなった。歯の根が合わず、運転手との会話もままならなかった。これほどの恐怖は、中学のときも感じなかった。先生には得体の知れないものに対する恐怖があったけれど、このときは、もっと生々しい恐怖だった。自分の肉体と心が踏みにじられていたかもしれなかったという恐怖。あの男はきっと生涯、こういう恐怖を知らずに終わるのだろう。そう思うとなんだか泣けてきた。自分の惨《みじ》めさに。

この夜のことは、誰にも話していない。また否定されるのが怖かった。手を握られたのもわたしの勘違いで、ホテルに連れ込まれていたかも、なんていうのも妄想だと笑われたら。そもそも自分から会いに行ったくせに、と言われたら、もう、なにも言えない。

それからOB訪問をすることはなかったし、あの男くらいの年代の男性と顔を合わせてしゃべるということがどうしてもできなくて、就活もやめてしまった。ここ一年のあいだ間近でまともに話せた中年男性は喜夫おじさんくらいである。

結論として、わたしは教授から信頼を失ったし、友人なんてものは最初からいなかった。自分が世間知らずな馬鹿だと、ようやく気づいた。びっくりするくらい、わたしはなんにも持っていなかった。あるのは母の醜聞と母そっくりの顔だけだ。近づいてくる男がおかしいのも、わたし自身のせいなのだろうか。わたしが彼らをおかしくするのだろうか。

わたしのなにがだめなのだろう、と考えるけれども、たぶん、根本的にだめなのだ。生まれ直さないかぎりだめだ。

違う胎《はら》から生まれ、違う顔に生まれつき、違う家で育ち——もちろんそれは、『わたし』ではない。

ときどき、胸のなかが焼けつくように熱くなって、息ができなくなる。

わたしをこの世に産み落とした母は、わたしを捨てて好き勝手に生きているのだろう。その好き勝手さで、わたしを産まない選択をしてくれればよかったのに。

そんな怨嗟《えんさ》で、胸が焼ける。


好きでもないビールをひと缶あけて寝たら、翌朝、胃がもたれていた。膨満感、というのだろうか。鏡に映った顔はむくんでどんよりくすんでいた。のろのろと身支度していたら、ふだんよりも遅くなる。食堂に入ったのは、仁木くんよりもあとだった。

「顔色悪いけど、大丈夫?」

「うん……」

「二日酔いでしょう。みっともない」

千代子さんはご立腹だ。口を開くのもおっくうで、黙って椅子《いす》に座った。

テーブルにはすでにわたしのぶんまで用意が整っている。味噌汁にご飯、卵焼きに胡瓜のぬか漬け、鰯の梅煮、くし切りのトマト。三人そろって「いただきます」と手を合わせてから、わたしは味噌汁の椀を手にとった。今朝は豆腐と梅干しが入っている。鰯の梅煮もあるのに、こちらも梅か、とちょっとふしぎに思いつつ、梅干しを口に入れる。酸味がさっぱりして心地よい。味噌汁は塩気が体のすみずみまで染みこんでゆく気がした。ほっとひとつ息をつく。

「二日酔いにやさしい献立ですね」

鰯の梅煮をほぐしながら、仁木くんが笑った。「梅干しに鰯、豆腐、トマト。味噌汁も塩分を補うのにいいし。ねえ？」

そうなのか。千代子さんの顔を見ると、なにを言うでもなく味噌汁をすすっていた。

「そういうこと、知らないで食べてるの？　千代子さん、いろいろ気遣《きづか》って献立考えてくれてるのに」

知らなかった。わたしは黙々と箸をつける。ばつが悪い。

「そんなことはね、知らなくていいことよ。子供の健康を気遣った料理を出すなんていうのは、育てる者の責務ですからね」

千代子さんは早口に言って、ぬか漬けを口に放りこむ。ぽりぽりと小気味よい音がした。

わたしは小皿にのったみずみずしいトマトに箸を伸ばす。塩のかかったトマトはよく冷えていて、焼けてくすぶっていた胸を冷やしてくれるようだった。

食事を終えて、箸を置く。

「ごちそうさまでした。……ありがとう」

千代子さんの顔を見ずに、わたしはあわただしく食器を流しにかたづけた。

六月に入り、雨が降ったり、晴天だったりをくり返していたのが、半ばを過ぎるとすっかり雨つづきになった。梅雨《つゆ》である。

梅干しと梅酒を作るからと、わたしと仁木くんは千代子さんの命令で雨のなか材料を買いに行かされた。青梅《あおうめ》一キロ、熟した梅二キロ、氷砂糖ひと袋、ホワイトリカー一本……重い。いちばん重いホワイトリカーをどちらが持つかで仁木くんと少々揉《も》めた。結局かわりばんこで持って帰った。仁木くんは五分とたたないうちに「重い」とぐちぐち言っていたが、無視した。

帰宅して台所に荷物を運ぶと、

「あんたも梅酒くらいなら作れるでしょう」

藍木綿に割烹着《かっぽうぎ》を着た千代子さんが言って、調理台を指さした。布巾《ふきん》の上に保存瓶《びん》が乾かしてある。

「梅と氷砂糖を交互に詰めて、お酒をそそいだらいいだけだから」

「それだけ？」

「そう。梅は傷をつけないようにひとつずつ丁寧に洗って、やさしく拭《ふ》いて、竹串でヘタをとるのよ。もとから傷のある梅は除いて。傷がつくとお酒が濁《にご》るから、絶対に傷をつけないでね」

「ああ……」

交互に詰めるだけなら楽ちんだ、と思ったら、その前が面倒くさかった。

仁木くんといっしょに梅を流しで洗い、ざるにとって布巾でひとつずつ、丁寧に拭いてゆく。いっぽうで千代子さんがなにをしているかと見れば、どこからかこぶりの甕《かめ》を持ってきて、そこに熟した梅を入れていた。小鍋に水を溜めて、その甕にそそぐ。見覚えのある甕だなと思った。昔からうちにある焦げ茶色の甕だ。その上に木の蓋をして、千代子さんは手を洗い、割烹着の前で拭いた。

「それで終わり？」

思わず訊くと、千代子さんはあきれたようにわたしを見た。

「そんなわけないでしょう。ひと晩浸《つ》けて、あく抜きするのよ。それから塩で下漬け。そのあと白梅酢をとって、本漬け。最後に土用干し。二ヵ月くらいかかるわね」

「そんなに手間かかるの？」

「なにもこれにつきっきりで面倒みるわけじゃないんだから。それにねえ、市販のだと塩加減が好みじゃなくて、だめね」

たしかに、わたしも千代子さんの漬ける梅干しで育っているので、市販の梅干しは『なんだか違う』と思ってしまう。千代子さんの梅干しは、けっこう塩辛い。

千代子さんは隅から腰かけを持ってきて、梅のヘタとりに加わる。三人で竹串を手に、黙々とヘタとりに勤《いそ》しんだ。

「明日はあっちのヘタとりがあるからね」

千代子さんは手際よくヘタをとりながら言う。あっち、というのは梅干しのほうだ。前は手伝わせなかったのにな、と思った。

「三人でやれば、早いですね」

「そうね。――あなた、男の子なのに上手ねえ」

「こんなのに男もなにもないですよ」

仁木くんは苦笑する。「手先の器用さと、几帳面《きちょうめん》さと、根気の問題ですね」

「根気があるのは、いいことよ」

千代子さんは満足そうにうなずいている。「とても大事。不器用でも、なんとかなるわ」

「そうですね。不器用でも、根気よく丁寧にやれば。ねえ、茜ちゃん」

「話しかけないで」

わたしはヘタとりに集中していた。「しゃべると、失敗するから」

「昔から、あんたは不器用だったねえ」

千代子さんがしみじみ言うのを、頭の片隅で聞いている。

「包丁を持たせるのが怖いったらなかったわ。そのくせやりたがるんだから……」

手をとめる。だから、わたしには料理を手伝わせなかったのだろうか。

「俺も母にとめられましたよ。見てるほうが怖いって。まあ、たしかに親からしたらそうでしょうね」

「はらはらしてねえ、心臓がもたないわ」

ヘタをとった梅をボウルに入れる。わたしがやっとひとつヘタをとり終えるころには、千代子さんはみっつもよっつも終えている。器用な仁木くんも、そのころにはみっつめを手にとっている。

ヘタとりが終わると、保存瓶に梅と氷砂糖を交互に敷き詰めていった。これは簡単だ。詰め終えたらホワイトリカーをそそいで、蓋を閉める。終わり。千代子さんが今日の日付を書いた紙を瓶に貼りつけて、水屋箪笥の下段にしまった。三ヵ月後くらいから飲めるそうだ。

ヘタとりでひたすらうつむいて作業していたせいか、肩が固まっていた。のびをしながら台所を出ると、そぼ降る雨の包みこむような音がする。縁側の向こうで、庭の木々が薄くけぶっていた。

梅雨の景色は、すこしやさしく見える。

梅に粗塩《あらじお》をまぶして、甕に並べてゆく。ぜんぶ並べ終えたら、焼酎《しょうちゅう》をまんべんなくふりかける。これはカビ止めだそうだ。さらに残りの塩をふりかけて、押し蓋をして、重石《おもし》をのせる。木蓋をして、昨日漬けた梅酒の隣に置いた。これが梅干しの下漬けで、このあといくつも作業があるというのだから、気が遠くなる。

「今日は梅雨の晴れ間みたいだね」

仁木くんが調理台を拭きながら言う。

「ちょうどいいから、茅《ち》の輪くぐりに行かない？　神事は三十日だけど、茅の輪はもう作られてたから」

「ちのわ……ああ、神社にある、大きな草の輪っか」

「草の輪っかって。茅《ちがや》を束ねた輪だよ。行ったことある？　九重家の氏神は城址のそばにある神社だけど」

「ある……と思う」と、千代子さんのほうを見る。千代子さんは「小さいころは、わたしがつれていってたわよ」とうなずいた。

「じゃあ、今日はみんなで行きましょうよ。半年の穢《けが》れ祓《はら》いと無病息災祈願に」

「あれって、そういう行事なんだ？　よくわからないままぐるぐる回ってた」

「わたしが説明したじゃないの、昔」

「それ、子供が聞かされても難しくて理解できなかったと思う」

　どうも、千代子さんは子供でも言って聞かせれば理解できると思っているふしがある。

「年に二回あるんだよ。六月と十二月。六月が夏越《なご》しの祓《はらえ》で、十二月が年越しの祓ね。半年ぶんの穢れを祓い清めて、心機一転、盆正月を迎えようって行事だよ。茅の輪をくぐることで穢れを祓って、疫病《えきびょう》なんかの災厄からまぬかれようとするんだ」

　仁木くんの言葉はよどみない。わかるような、わからないような。へえ、とだけ相槌を打った。

「茅の輪くぐりに行くのなら、これを持っていかないとだめよ」

　と、千代子さんは小さな白い紙を持ってきた。ひとの形に切ってある。

「おお、ヒトガタだ。そっか、氏子に配られるんですね」

　ここに姓名と年齢を書くよう言われる。

「これを持って茅の輪をくぐるのよ。それから体の悪いところを撫《な》でて、初穂料といっしょに神社に納めるの。引き換えに押し菓子をもらえるわよ」

「あ、なんかそれは覚えてる」

落雁《らくがん》のようなものをもらった気がする。すごく甘かった。

「いまの子供は、あんなお菓子は喜ばないでしょうねえ。あんたも困った顔で食べてたわよ。それでも食べるのがあんたで、景子は見向きもしなかったけど。——はい、これあなたのぶん」

千代子さんは仁木くんにヒトガタを渡す。仁木くんはちょっと驚いた顔をした。

「え、俺も？　氏子じゃないですけど」

「頼んでよぶんに一枚もらったの。これくらいは神様もお目こぼししてくださるでしょう。もういっしょに暮らしてるんだもの」

はは、と仁木くんは照れくさそうに笑った。「ありがとうございます」

外に出ると、梅雨のさなかであるのが嘘のように晴れている。雲はあるが曇天《どんてん》ではなく白いクリームのような雲だし、路面はすっかり乾いていた。

「六月、七月あたりは、九重家での年中行事メニューはとりたててないね。行事自体、氏神の神社で夏越しの祓があるのと、地域で祇園祭《ぎおんまつり》があるくらい。氏神は、もともとべつの神社だったんだけどね。明治政府の政策であっちこっちの神社があの城址の大きな神社に合祀《ごうし》されて、なくなっちゃった。もったいない」

道すがら、仁木くんはそんな話をとうとうとしゃべりつづけた。

「氏神は大山祇神《おおやまつみのかみ》、山の神だね。合祀で素戔嗚《すさのお》とか八幡《はちまん》とか少彦名《すくなびこな》とかといっしょに祀られてる。市内の神社は素戔嗚系が多いよね。出雲《いずも》系だ。伊勢が近いから大神宮《だいじんぐう》系もあるといえばあるんだけど。社護祠《しゃごじ》、赤口神《しゃぐじ》なんかがあるのもおもしろいし。諏訪《すわ》のほうともゆかりがある」

話がよくわからなくなって聞き流しているうちに、神社の鳥居が見えてきた。仁木くんがたずさえてきたカメラで鳥居を写して、ついでのようにレンズをわたしと千代子さんのほうに向ける。ちょっと、ととめる前に仁木くんはシャッターを切っていた。

「どうしてそう関係ない写真まで撮るかな」

文句を言うと、

「関係なくはないよ。九重家にまつわる研究なんだから」

またカメラを構えるので、わたしはさっさと背を向けた。

鳥居をくぐると、境内《けいだい》の中央に青々とした茅の輪が据えてあった。ひとけがなく、鬱蒼《うっそう》とした木々の影が落ちて、涼しい。社務所に《みな月のなこしの祓する人は　千年の命のぶというなり》と墨書きした貼り紙があり、その下に三宝《さんぼう》が置かれている。茅の輪に近づくと、緑のすがすがしいにおいがした。夏の香りだ。なんとなく、この香りだけで身を清められる気がしてくる。

「茅の輪くぐりのやりかたって、地域や神社によって違いますけど、ここではどうですか？」

仁木くんが尋ねると、千代子さんはこころもち首をかしげた。

「よそのやりかたは知らないけれど……ここでは、８の字にくぐるのよ。三回」

と、指で８の字を描いた。「『蘇民将来《そみんしょうらい》』と心のなかで唱えながらね」

「ああ、なるほど。簡単でいいですね」

納得したようにうなずいて、仁木くんは茅の輪をくぐった。千代子さんがそのあとにつづいたので、わたしもあわてて追いかける。三人で茅の輪をくぐり、ぐるぐる回る。変な宗教みたいだ、と思ったが、神道だ。宗教である。『そみんしょうらい』ってなんだろう、と思いつつも、胸のうちで唱えて歩いた。最後に拝殿に進んでお参りをする。

「これで悪いところを撫でて」

千代子さんはヒトガタを手にそう言うが、とくに思いつかない。強《し》いてあげるなら頭か。と思ってとりあえず頭を撫でておいた。仁木くんが笑っていた。

「仁木くんも頭撫でたほうがいいんじゃない」

「俺は頭いいよ」

「性格が悪い」

仁木くんはさらに笑った。

社務所に向かうと、来たときにはいなかった、宮司さんみたいなひとが座っていた。三宝にヒトガタを置いて、千代子さんが初穂料の入った封筒をさしだすと、薄い小さな箱をくれる。これが押し菓子らしい。

「このお菓子はね、家に持ち帰ってから、みんなでわけて食べるものなのよ。そうすると病気にかからないっていうからね」

「へえ……」

そういえば、たしかに割って食べていたような記憶がある。

「見せて」と仁木くんがせがむので、箱を開けた。薄い花形の、白と桃色の菓子がひとつずつ入っている。神社でもらうと、ただの菓子でもなんだか霊験あらたかな気がした。わたしは意外と信心深いほうなのかもしれない。

家に帰ってから、お茶を淹れて、三人でそれをわけて食べた。子供のころ感じたほど、甘ったるいとは思わなかった。むしろ好きな味だ。小さく割ったかけらは、口のなかでやんわりと溶けてゆく。すぐ消えてゆくのに、淡い甘みはいつまでも舌に残ったままだ。

「『そみんしょうらい』って、なに？」

仁木くんに尋ねると、

「ひとの名前」

といたって簡潔な答えが返ってきた。

「変な名前……」

「備後国《びんごのくに》風土記《ふどき》の逸文に、蘇民将来の話がある。——逸文っていうのは、現存しないんだけど、ほかの書物に引用されてたりして一部が伝わってる話、ってことね。将来兄弟っていうのがいて、兄の蘇民将来は貧しくて、弟のほうは裕福なんだけど、そこに神様がひと晩の宿を借りにくる。弟は貸さなくて、兄は貸してやったうえに手厚くもてなした。神様はその恩返しをするからと、茅の輪を腰につけさせた。そのうえで神様はそれをつけた者以外は皆殺しにしてしまった。で、その神様が言うには、のちに疫病がはやっても、蘇民将来の子孫のあかしである茅の輪をつけている者だけは助かるぞ、と。この神様というのが素戔嗚。ちなみにこの地方では、注連縄《しめなわ》につける木札に《蘇民将来子孫家門》と書く風習があるね」

仁木くんはポケットからメモ帳とペンをとりだし、さらさらと字を書きつけた。

「疫病除《よ》けだ。この地方じゃ正月だけじゃなく一年中、注連縄を玄関に掛けておくけど――」

「え、ほかのとこだと違うの?」

「違うよ。ひとり暮らししてたとき、気づかなかったの?」

あきれたように言われる。気づかなかった。「この子はぼんやりしてるからね」と千代子さんが言う。よその家の玄関など、じろじろ見ないではないか。地元でないならなおさら。

「九重家の『家政暦』にこの木札の書きかたが詳しく記されてる。そういうのも細かく残してる家なんだよね」

仁木くんは《蘇民将来子孫家門》のまわりにさらに字を書いた。右に《七難即滅》左に

《七福即生》、《蘇》の両脇に点々。

「《七難即滅》《七福即生》は仁王般若経《にんのうはんにゃきょう》の経文にある言葉で、こっちの点々は心点っていって、邪気の侵入を防ぐといわれてる。木札の裏には《急々如律令《きゅうきゅうにょりつりょう》》とセーマン、ドーマンが書かれていて、これも辟邪《へきじゃ》のしるしだ」

文字とその左右に星と格子状の形を書きつけながら、仁木くんはしゃべる。よく手を動かしながらしゃべれるな、とわたしは妙に感心した。

「それだけ好きなら、院に進んだほうがよさそうなのに」

つぶやくと、仁木くんは「やだよ」と即答した。

「こんなの、いくらでも趣味でできる。それくらいがちょうどいいよ。院にまで行ってたらいつまでたっても親のすねかじりだし。俺はさっさと働きたい」

仁木くんのお母さんは再婚しているので、いろいろと気を遣うこともあるのだろうか、とちらりと思った。それが顔に出ていたのか、仁木くんは「両親は院に行けばいいのにって言うけどね」と付け加えた。両親、というのはもちろん、いまの両親だろう。

「でもさ、俺は勤め人になるほうがいいよ。ふつうに毎日会社に行って給料もらってて、いちばん憧《あこが》れるなあ。まともに生きたい」

そういう気持ちは、けっこうわかる。

「そのうち社内恋愛で結婚してマイホーム建ててローン払いつつ子供育てて、とか？ 古いかな」

わたしが言うと、仁木くんはやけに淡々とした調子で、

「俺は結婚しないし子供も作らない」

と言った。

「ふうん……？」

なんで、などと問うのもなんだかなと思ってただお茶を飲んだ。が、千代子さんが「まあ、どうして？」とあっさり訊いた。

「俺にはあいつの血が半分流れてるから」

吐き捨てるように言った。

「あいつの遺伝子を残したくない」

仁木くんはいままで一度もそれに触れなかったので、わたしはこのときはじめて知った。彼の父親に対する憎悪の苛烈《かれつ》さを。

仁木くんはお茶を飲んで、残っていた押し菓子のかけらを口に放りこんだ。

六月も終わりにさしかかった日、「本漬けをするから、赤紫蘇《あかじそ》を買ってきてちょうだい」という千代子さんのお達しで、仕事帰りにスーパーに寄って帰宅した。仁木くんはまだ帰ってなかった。

「手を洗って、着替えてらっしゃい」

あんたも手伝えということである。言われたとおり部屋着に着替えて、手をよく洗っ

た。

千代子さんは赤紫蘇を洗って、ざるに上げる。葉を摘みとって、枯れたり汚れたりしている葉をよける。水気をよく切った葉をボウルに移すと、粗塩をふって力を入れて揉みはじめた。

「こうやってアクを出すのよ」

揉むうちに紫色のアクが出てくる。絞って、アクを捨てて、また揉む。そのくり返しだ。疲れたのか、途中でわたしと交代する。さほどたいへんな作業ではない。しばらくするとアクは出なくなった。

「じゃあ、しっかり絞って」

わたしに指示して、千代子さんは保存瓶から白梅酢をとりわける。この白梅酢は下漬けした梅から出てきたものだ。

赤紫蘇の入ったボウルに、白梅酢をすこしずつふりかけて混ぜる。白梅酢はあざやかな紅色に染まった。赤紫蘇を下漬けした梅の上に散らして、紅色になった梅酢も回しかける。それがすんだら、また押し蓋をして重石をのせて、甕に蓋をする。ふたたび箪笥で保存だ。

「あとは、土用干しだけよ」

「土用の日に干すの？」

わたしの頭に浮かんだのは、鰻《うなぎ》である。

「土用っていうのは、一日じゃないんだよ」という声が聞こえてふり返る。仁木くんが帰宅した。今日も就活だったのかスーツ姿で、暑そうにネクタイに指をかけてゆるめている。

「茜ちゃんが思い浮かべてるのって、土用の丑《うし》の日じゃない?」

「あ、それ。鰻」

「土用ってのは、十八日間あるんだよ。春夏秋冬、季節の終わりにそれぞれ十八日間。つまり夏だけじゃない。夏の場合は立秋の前の十八日間、だいたい七月二十日ごろから。梅を干すのはこの土用入りのころだね」

「丑の日は?」

「昔は、十干十二支で日にちを表していたんだよ。だから、土用の期間中にある丑の日ってことだね」

「へえ」

なるほど。仁木くんに訊くとなんでも答えが返ってくる気がする。便利だ。

「俺に訊けばなんでもわかって便利とか思ってない?」

「思ってない」

即答すると、仁木くんは笑っていた。その柔和な顔を見ると、このひとが内側に隠し持つものの鋭さがいっそう強く浮き彫りになるように思えた。

「おかえりなさい」

ふとひとすじ吹きこんだ風のように、千代子さんの声が響いた。千代子さんはあいさつをはぶくのを許さない。仁木くんは虚を衝《つ》かれた様子で目を丸くしたけれど、それからははにかんだように笑った。

「はい、ただいま」

「手は洗った？」

「洗ってきます」

仁木くんは素直に回れ右する。千代子さんはわたしに、「今日は蒸《む》すから、夕食はさっぱりしたものにしましょうか」と言う。これは訊いているのではなく、決定事項だ。

「さっぱりしたものって？」

「長芋をおかかと梅で和えたものと、茗荷《みょうが》のお味噌汁と、鮪《まぐろ》を漬《づ》けにしてあるから、どんぶりね。焼き茄子もしようかしら」

わたしの問いに答えるというよりは、いま献立を考えているようだった。茗荷と新生《しんしょう》姜《が》の甘酢漬けもあったはずだ。どちらの甘酢漬けも好物なので、この時季はうれしい。母はにおいがいやだと、甘酢漬けでも酢の物でもいっさい口にしなかった。千代子さんが作っているときには、そのにおいに顔をしかめていた。

千代子さん自身は、そこまで甘酢漬けが好きではないのを、わたしは知っている。それでも毎年、かかさず作っていた。わたしがひとり暮らしをして、ろくに帰省しないあいだも。

「……茄子の焼き番くらい、しようか？」

冷蔵庫から茗荷やら茄子やらをとりだしている千代子さんの背中に声をかける。千代子さんはふり向いて、目をしばたたいた。

「そう……そうねえ。頼もうかしら」

わたしはうなずいて、コンロの下の戸棚から焼き網をとりだした。

きっと母は、この焼き網の置き場所も、簞笥のなかの弁当箱も、梅干しの作りかたも知らないだろう。あのひとには、知る必要もなかったのだろう。千代子さんも、わたしも、あのひとには必要なかったのとおなじように。

手を洗って着替えた仁木くんが戻ってきて、台所がにぎやかになる。仁木くんは茗荷と長芋を切る役目を買って出た。

焼き網の上で皮を焦がしてゆく茄子を眺めながら、考えてみたら、と思う。

わたしたちは三人とも、捨てられた人間なんだな。

第三章

夏雲に盆汁

七月に入り、仁木くんは就活を終えた。順当にいくつか内定をもぎとっている。さすがである。

お祝いだといって、千代子さんは赤飯を炊いた。小豆をひと晩水に浸けて、つぎの日は朝からそれをゆでる。ぐらぐらと沸騰したらゆでこぼし、水を替えてまた沸騰させる。アクを抜くためだ。二回ほどそれをくり返したら、さらに水を加えて二十分くらいゆでる。ほどよい硬さになったら、ザルに上げる。小豆をゆでるところを見るのははじめてではないが、やはり面倒くさそうだった。

わたしはといえば、もち米をといでいる。「そんなもんでいいわよ」と千代子さんの許可が出るくらいといだら、ザルに上げて水気をよく切る。ボウルに移すと、そこに小豆のゆで汁をそそいだ。これで五時間ほどおいておくという。炊くまでが長い。

「うちって、しょっちゅう赤飯炊いてた気がするけど、毎回こんな面倒なことしてたの？」

「しょっちゅう炊いてたのは、小豆飯ね。もち米じゃなくて、ふつうのご飯。お供えにするから、よく炊いてたのよ。最近じゃ、わたしも面倒であんまりやらなくなったけど」

「お供え……なんで小豆飯なの？」

「そういうものだからよ」

答えになっていない。千代子さんも知らないのだろう。部屋にいる仁木くんに訊いてみた。彼は就活が終わったので、本格的に卒論の準備にとりかかっている。座卓に本やノートが山と積み重なっていた。ちなみに座っている彼の周囲にもその山はできている。

「小豆ってのはさ、茎に莢《さや》が垂れ下がって生《な》るだろ。上から下に垂れ下がる、天降《あまくだ》る実だから神聖視されたんだ。それに、小豆はほかのものを赤く染めるから、呪力《じゅりょく》があると信じられた。赤は神様の色で、魔除けの色だからね。だから神迎えの食べ物だとされるんだ。吉事だけじゃなく、凶事にも使われるよ。地域によっては、葬儀のあとに食べたりとかね」

「へえ……」

立て板に水の説明に感心する。頭のなかはどうなっているのだろう。仁木くんはノートを広げ、その上でペンをくるくると器用に回す。

「たしかに、九重家はよく小豆飯や小豆粥をお供えしてるね。ここは祀っている神様仏様が多いからなあ」

「神様仏様の住まいだから、人間は居つかないのかもね」

皮肉まじりに言うと、仁木くんは回していたペンをとめて、わたしを見た。

「茜ちゃんの母親……景子さんって、あれからほんとうに一度も帰ってきてないの？」

「どういう意味？」

自然と声がとがってしまった。

「いや、千代子さんにくらい、顔を見せるなり連絡寄越すなりしてないのかなって」

「してたらわたしに言うでしょ。仁木くんとこは、いままで連絡あったの？」

「ないね」

「ほら。そんなものでしょ」

「そうだね……」

仁木くんは窓のほうに顔を向ける。なにを考えているのだろう。まさか、会いたいとでも思っているのだろうか。それはないか。

「祭り囃子《ばやし》だ」

ぽつりと仁木くんがつぶやく。耳をすませば、たしかに甲高《かんだか》い笛の音が聞こえた。

「今日が本祭りだからね」

祇園祭である。土曜の昨日が宵祭り、日曜の今日が本祭りだった。駅前から城址公園あたりまで通行止めになり、神輿《みこし》が出る。たくさんの屋台も並ぶ。この家は通行止めの区画内なので、人混《ひとご》みでスーパーにも行けなくなるのがつねだった。

「屋台のたこ焼きとかベビーカステラとか、食べたいなあ」

仁木くんが懐かしそうな顔をする。「最近、お祭りで買い食いってしてなくてさ」

「そういうのって、おいしいの？」

「え？」

なにげなく訊くと、仁木くんは目をみはった。

「まさか、一度も食べたことないとか言う？」

「……ここ、すぐそばの大通りまで屋台が出るでしょ。通行止めのなかだから。人出がすごくて、むしろ祭りのあいだって、外に出ない習慣だった」

そういうものだと思っていたのだ。人混みは嫌いだし。

「ああ、そっか。生活圏で祭りがあるとそういうのがたいへんなんだな」

「ふだんは駅前からこのへんなんて、歩いてるひとほとんどいないのに」

「だいたい車だもんな、出かけるときは」

仁木くんはもう一度窓に顔を向けたあと、こちらを見た。

「じゃあ、買いに行く？　いまから」

「だめでしょ、お昼ご飯が食べられなくなる」

「たこ焼きだのベビーカステラだのなんて、食べたうちに入んないよ」

「いや入るでしょ。あなたの胃袋といっしょにしないで」

「みんなでわければひとりぶんの量はちょっとになるよ、大丈夫」

「千代子さんに怒られるよ」

仁木くんはちょっと笑った。

「子供みたいなこと言うね」

黙ったわたしを尻目《しりめ》に、仁木くんは部屋を出ていった。「千代子さーん」と呼びかける声がする。あわててあとを追った。

「屋台でたこ焼き買ってきてもいい？　みんなで食べようよ。お昼ご飯には響かない程度にするから」

台所にいた千代子さんは、

「いいわよ」

あっさり許した。いいのか。

「じゃ、行こう。茜ちゃん」

仁木くんはさっさと外に向かう。玄関を出たさきの路地にひとけはなかったが、突き当たりの大通りには多くのひとが行き交っているのが見える。醬油《しょうゆ》の焦げるような香ばしいにおいや、ソースのにおい、ホットケーキみたいな甘いにおいがいっしょくたになってただよっていた。外は暑い。照りつける陽ざし、ひといきれ、屋台の鉄板の熱気、じっとりとした湿気《しっけ》。あらゆる不快感を集めた暑さだ。こんななかをうろうろするなんて、どうかしている。家のなかにいたほうがどれだけ快適か。

近場の屋台で買ってすますものだと思っていたら、仁木くんはひと波をきれいにすり抜け、ずんずん進んでいってしまう。どこまで行く気だ。

「ちょっと、仁木くん」

「屋台ならどれでもいいわけじゃないよ。ちゃんと選ばないとさ、おいしそうなとこ」

「わかるの？」

「勘で」

「………」

「そういうのが楽しいんじゃないか」

「なんでもいいから早く買って帰ろうよ……」

ひとにぶつからぬよう気をつけて歩いているので、すでに疲れている。暑さが拍車をかけていた。

ようやく勘が働いたらしく、仁木くんはたこ焼きとベビーカステラを買った。それで終わるかと思いきや、彼は鯛焼きの屋台を見つけてそちらにも走った。

「今日は赤飯なのに、小豆かぶるじゃん」

と抗議したが、

「赤飯の小豆と鯛焼きの小豆は別物だから」

と返された。いっしょだろう。

「これはおやつにしよう。冷めてもレンジでチンしてからトースターであたためると、かりっとなっておいしいんだよ」

なんでもいいからとにかく屋内で涼みたかった。

九重家の屋敷は夏向きに作られているので、風がよく通って、よほどでないかぎり冷房もいらない。周囲をビルなどの建物で遮られていないおかげもあるだろう。玄関を入ると、ひんやりとした土間の濃い翳にほっとした。戸口の柱には短冊が貼ってあって、《ちはやぶる卯月《うづき》八日は吉日よ神下げ虫をせいばいぞする》と千代子さんの文字で墨書きされている。虫除けのまじないだ。灌仏会の甘茶で墨をすって書くもので、仁木くんによると神下札《かみさげふだ》と呼ぶのだそうだ。

居間のちゃぶ台にたこ焼きやらベビーカステラやらを並べて、仁木くんは満足そうだった。

「千代子さんはこういうの、嫌いなのかと思ってたけど」

ベビーカステラを食べている千代子さんに言うと、

「べつに、嫌いじゃないわよ。でも、わざわざこの暑さのなか、人混みに入ってまで買いたいとは思わないわねえ」

「買ってきたら食べるわけね」

「そりゃそうよ。食べなきゃもったいないじゃないの」

まあそうだが。

「茜ちゃんも食べなよ。ほら、たこ焼き」

仁木くんがすすめてくる。「ここのにしてよかった。タコがいっぱい入ってる」

爪楊枝《つまようじ》でたこ焼きをひとつ突き刺し、口に運ぶ。ほどよく冷めたたこ焼きは鰹節《かつおぶし》がふわりと香って、ソースの甘辛さがちょうどいい。たしかにタコがたくさん入っている。紅生姜も多めに入っているのが、生姜好きのわたしとしては気に入った。

「こういうのって、ひとりじゃあれこれ買えないだろ、食べきれないからさ。ふたりが食べてくれてよかったよ」

うれしそうにたこ焼きを頬張《ほおば》る仁木くんは、すっかり居間の景色に馴染んでいる。彼がこの家で暮らしている姿に違和感を覚えなくなった。慣れというのは怖い。たんに慣れたというだけでなく、彼が馴染んでいるのにはわけがあると思う。

「千代子さん、俺、昼ご飯にこないだのあれ食べたいなあ、胡瓜の酢の物。じゃことか生姜とか入ってたの」

「ああ、あれね。いいわよ」

仁木くんは、千代子さんに甘えるのがうまい。どうやったら怒られないでわがままが言えるのだろう。そのあたりの呼吸みたいなものが、わたしには決定的に欠けていると思う。べつに悔《くや》しいとかではないけど。ともかく仁木くんがこの家に馴染んでいるのは、こうして千代子さんのふところに入っているからだと思う。

「じゃあ、あなたにはかき玉汁を作ってもらおうかしらね。茜には赤飯を炊いてもらって」

これも慣れなのか、千代子さんはわたしと仁木くんを台所に入れて、手伝わせる。というか、分担して三人で作っている。平日は千代子さんだけで作ることが多いが、休日は三人でやるのがあたりまえになりつつあった。

千代子さんは胡瓜を切りながら、わたしに指示を出す。「もち米は水気をよく切って。そうしないとべちゃっとするから」「布巾はもっときつく絞らないと。ぎゅっとするのよ、ぎゅっと」などと声が飛ぶ。

小豆のゆで汁にひたしておいたもち米の水気を切って、濡《ぬ》れ布巾を敷いたせいろに入れて平らにならす。鍋の湯が沸騰したらその上に据えて、蓋をして強火にかける。『炊く』というより、『蒸す』だ。

「小豆のゆで汁を十分おきに四、五回、手でパパッとふりかけてね」

「十分おきに四、五回……？」

なんて面倒な。水分を足すのと、色をつけるためだそうな。

「最後に小豆をちらして、また十分くらい蒸すのよ」

千代子さんなら蒸しているあいだにあれこれほかのことをするのだろうが、わたしはきっきりでないと失敗しそうだ。タイマーをセットして、隙間《すきま》から湯気のこぼれるせいろを凝視した。

わたしの隣では仁木くんが昆布と鰹節で出汁《だし》をとっている。出汁はいつも多めに作っておいて、冷蔵保存している。便利だからというのもあるが、多めに作ったほうが断然おいしい。

きっちりタイマーどおりに水をかけて、赤飯が蒸し上がるのを待つ。こういうとき、頭のなかはからっぽになる。胸のなかにまっさらな白い空間が広がるようで、心地よかった。

千代子さんが合わせ酢に刻んだ生姜を混ぜている。そこにじゃこと胡瓜を合わせたらできあがりだ。仁木くんは出汁に醬油と塩を加えて煮立たせ、溶き卵を流しこんでいた。タイマーが鳴って、わたしはせいろの蓋を開ける。ふっくらとしたご飯が赤く色づいていた。

「千代子さん、これでもういい?」

ちらとせいろのなかをのぞいた千代子さんは、「いいわよ」とうなずいた。火をとめて、鍋つかみを使ってせいろを調理台におろす。寿司桶《すしおけ》に赤飯を移して、しゃもじで軽く混ぜた。湯気が顔にあたって熱い。しかしいいにおいだ。きれいな赤色に染まったご飯は、つやつやしていた。

面倒ではあるが、たまの祝いにこういうものを作るのはいいな、と思った。たまになら、だが。

赤飯をお茶碗によそい、酢の物を小鉢に盛って、かき玉汁を椀にすくう。冷蔵庫から作り置きのきんぴらやらこんにゃくの煮物やらをとりだして並べれば、テーブルの上はにぎやかになる。ぬか漬けも忘れてはいけない。

自分で作ったからというのもあるのか、赤飯はもっちりとしてほのかに甘く、おいしかった。

「来月はお盆だね」

壁に貼られたカレンダーを眺めながら、仁木くんが言った。彼は千代子さんにせがんで作ってもらった酢の物を多めによそってもらって、嬉々としてそれに箸をつけている。

「『家政暦』によるとお盆前は井戸と竈を掃除して、さらに仏壇を大掃除して準備する。先祖の霊を迎えるためだね。お盆には素麺《そうめん》巻や団子をお供えする。『料理場年中行事』だと、お盆のあいだは精進料理で、野菜や豆腐の献立になってるね」

「野菜ばっかりたくさん入ったお味噌汁でしょ。盆汁って言ってた。だよね、千代子さん」

「そうね。ささげや、茄子や、豆、南瓜《かぼちゃ》なんかを具にしてね」

「お盆っていったら、それくらいしか覚えてないけど……ああ、お坊さんが来てたっけ」

「棚経《たなぎょう》に来るのよ」

「迎え火とかは？　しないの？　胡瓜の馬とか」

仁木くんの問いに、わたしは首をふった。「しないよ、いまどき」

「胡瓜の馬と茄子の牛くらいは作る地方もまだまだあると思うけどなあ。ここならやってると思ってた」

仁木くんは釈然としないような顔をしていた。そう言われても、しないものはしょうがない。

かき玉汁に口をつける。器用な仁木くんだけあって、卵はかたまりになることもなく、ふんわりとしたきれいなかき玉になっていた。出汁もおいしい。たぶん、わたしが作るよりも上手だ。

千代子さんは赤飯を見つめ、眉をよせている。

「……赤飯、どこか変？　おいしくない？」

おそるおそる尋ねると、千代子さんははっとしたように顔をあげて、

「おいしいわよ。ちゃんとできてるわ」

と、千代子さんにはめずらしく味を褒めて、赤飯を口に運んだ。それならいいけど、と思いつつ、どこかおざなりな褒めかたが気にかかった。心ここにあらず。そんな感じだった。


七月も下旬になって、土用に入った。漬けていた梅を干す頃合いである。折良く晴天つづきだった。大きな竹のザルを用意して、梅を並べてゆく。漬け汁はよく切って、梅同士が重ならないように。赤紫蘇も絞ってザルの隅にのせる。千代子さんは仁木くんに指示を出して、土間を出たさきにある広場、手洗い場の横に台を並べさせた。そこにザルを置いて、日光にあてる。まんべんなく日があたるように、ときどき裏返さなくてはならない。夜は家のなかにとりこんで、翌日また外に干す。これを三日三晩。

「最後の日には、梅酢も日にあてるのよ。風味が増すから」

千代子さんの説明に、わたしは吐息を洩らした。ほんとうにまあ、手のかかる。

「今年みたいに晴れつづきだと、助かるわね。いつまでもじめじめしてる年だったりする

と、干してもかびちゃったりしてねえ、台無しになるのよ」

今年はうまくいきそうだ、と千代子さんは機嫌がいい。

「そうだ、丑の日だから、あんたたち、紫陽花《あじさい》を切ってきてちょうだい」

「え？」

千代子さんは花ばさみを持ってくる。

「もしかして、逆《さか》さにつるす？」

仁木くんが目を輝かせて訊いた。そうよ、と千代子さんは答える。

「紫陽花を逆さに……ああ、縁側の軒先に毎年つるしてるやつ？」

思い出した。昔からなぜか紫陽花を逆さにつるしていた。子供のころ、やはりいまのように言われて、路地の片隅に咲いている紫陽花を切ってきたことがある。家の庭にも紫陽花はあるのに、なぜだろう、と思ったのを覚えている。

「あれってなんのためにつるしてるんだっけ？　うちの庭の紫陽花じゃだめなの？」

「商売繁盛、無病息災のまじないだよ」と答えたのは仁木くんだった。

「土用の丑の日に、よその紫陽花をとってきて出入り口とか軒先とかにつるす、っていう風習なんだ。ここにも残ってるんだなあ。京都とか、金沢とかでもあるよ。お金に困らないまじないだとも言うね」

「なんでよその紫陽花……」

「盛りを過ぎた残りもの、余剰をもらうっていう縁起担ぎなんだろうけど、いまやるにはちょっと難しい風習だよねえ」

そう言いつつ、仁木くんは花ばさみを手に裏口から路地に出た。車は通れない、人間もすれ違うさいには気を遣うくらいの幅の路地だ。ひと通りはなく、蟬《せみ》の鳴き声だけがうるさく鳴り響いている。空き地の端、あまり陽のささない隅っこに野放図に茂った紫陽花があった。しおれて枯れているものが目立つ。仁木くんはそのうちのひとつを切って、わたしにさしだした。なかば枯れたその紫陽花を受けとり、眺める。こんなものをつるしたところで、どうなるというのだろう。

「昔のひとの縁起担ぎって、意味わからないね」

「生活が変わると、そのへんの感覚を受け継ぐのが難しくなるから、しょうがないね」

仁木くんは笑っている。

「仁木くんは、なにがおもしろくてこういうのを研究してるの?」

べつに馬鹿にしたわけではなく、純粋な興味から出た問いだった。だが、いやな言いかただったかなと、付け足した。「ええと、だから、受け継ぐのが難しくなってるものを、あえて知りたいと思うのって、なんでかなって」

「なんでかなあ……」

仁木くんは路地の奥のほうをぼんやりと見やる。路地に落ちる陽は白く、木陰は黒々と濃い。遠くに逃げ水が見えた。

「根っこみたいなのをさがしてるのかもね」

「根っこ？」

「俺はさあ、茜ちゃんもそうかもしれないけど、家族ってのが自分のなかでうまく根付いてない感じがあるからさ、それ以外の根っこが欲しいのかも」

わからないような、よくわかるような。いや、なんとなく、わかる。わたしのなかにもそういう感覚は、ある。

「まあ、いま思いついただけの理由だから、あんまり本気にしないで」

仁木くんは白い陽光にまぶしげに目を細めた。わたしは影を見ていた。手元に目を移せば、このさき一年、軒先につるされる運命の紫陽花がある。


忘れていたことがある。

忘れていたというか、頭の片隅にあったのだけれど、あとまわしにして考えないようにしていたことだ。

そうは問屋が卸さないとばかりに、それは向こうからやってきた。

「ちゃんと仕事できてるか？　茜」

喜夫おじさんである。

ケーキを手みやげに、にこやかにおじさんは事務所を訪ねてきた。

「こっちの取引先のひとと会う用事があってな。ついでにおまえの働きぶりを見に来た」

「……いまおじさんが来たから仕事の手はとまってる」

おじさんは快活な笑い声を響かせた。応接用のソファにどっしりと腰を据えたおじさんに、コーヒーと手みやげのケーキを運び、わたしは向かいに腰をおろした。

「おまえも食べたらどうだ、ここのケーキ、うまいぞ」

「あとでいただきます」

おじさんは大きめのショートケーキをあっというまに平らげた。このひとは甘いものに目がなくて、ちまっとした凝《こ》ったケーキより、昔ながらの店にあるような大きくて食べ応《ごた》えのあるケーキを好む。本人いわく太りにくい体質なのだそうだが、最近お腹が出てきたのを気にしている。

おじさんは五味さんや百合丘さんもまじえていくらか世間話をしただけで帰っていった。催促めいた言葉もそぶりもなかったことが、かえってわたしにうしろめたさを与える。わたしがこの職場で安穏と働いていられるのは、おじさんのおかげだ。それを恩着せがましく口にしないあたりに、おじさんのひとを扱ううまさがあるのだろう。

ここしばらく、わたしは遺言書だの権利書だのを、さがしてもいなかった。家に戻ってきたころ、掃除するふりで仏壇の抽斗やら神棚のうしろやらをさがしたことはあったが、それきりだ。あの広い屋敷のなか、どこをどうさがせばいいのかわからないし、千代子さんの部屋にあるのなら手の出しようがない。そう自分に言い訳をして、さがすことを放棄していた。

正直、自分があの屋敷をどうしたいのか、わからない。継ぎたいとはやはり思わない。

でも……。

「九重さん、チーズケーキとモンブランとチョコケーキ、どれがいい？」

百合丘さんが箱からケーキを出しつつ、訊いてくる。

「チーズケーキが――あ、いえ、どれでも」

「チーズケーキね。あたしはモンブランにしよう。五味さんはチョコケーキでしょ。うまいことばらけたわね。かぶったらジャンケンだったわ」

「ここのチョコクリームはおいしいんだよ。コーヒー淹れてくるね」

五味さんがいそいそと給湯室に向かう。百合丘さんはチーズケーキをのせた皿をわたしにさしだした。

「あなたのおじさん、わりと頻繁にこっちに来てるわよね」

「え？　頻繁……というほどではないと思いますけど」

「でも、こないだの週末にも見かけたわよ」

「そうなんですか……？」

わたしに連絡はなかったし、もちろん九重家にも来ていない。

「ま、仕事で来てるとはかぎらないと思うけど。今日もね」

百合丘さんは笑った。意味ありげな言いかたに首をかしげたが、彼女はそれ以上、言及しなかった。

お盆に入れば、仕事も休みになる。わたしは朝から仏壇の掃除をした。といっても、常日頃、千代子さんがきれいにしているのでとりたてて精を出す必要もない。とりあえず仏壇のなかや仏具、位牌《いはい》を拭いて、盆棚をしつらえる。台の上に胡瓜や茄子などの野菜や、桃に葡萄《ぶどう》といった果物、素麺を供えて、隣に納戸から出してきた盆提灯《ぼんちょうちん》を飾った。こんなものかな、と思っていると、仁木くんが様子を見に来た。

「標準的だね」

いささかがっかりしたように見える。

「そんなこと言われても。いまどき盆棚の用意するところだってめずらしいでしょ」

「この地方じゃ、もうちょっと田舎のほうへ行くと、川辺に果物やお菓子なんかお供えしてるよ。案外、残ってるもんだよ。〈水の子〉とか供えないの?」

「なにそれ」

「茄子や胡瓜をさいの目に切って水に入れて、蓮《はす》の葉に盛るやつ」

「知らない」

「そっか……『家政暦』には記録があったんだけどなあ。あと、蓮の葉に入れた水を禊萩《みそはぎ》の葉に含ませて、供物《くもつ》にふりかけておくっていうのも。死者の食べ物のしるしにね。このうちならいまもやってるかと思ったんだけど」

「ないものはしょうがないでしょ。うちは昔からお盆はそんな大がかりにやらないよ」

「ふうん。なんでだろ」

「千代子さんに訊いたら？」

「訊いてみたけど、『そういうものだから』ってさ」

「じゃ、そういうものなんでしょ」

仁木くんはまだ納得がいかないような顔で首をかしげていた。

「この家は、神様仏様を大事にするだろ。そういう家風だから。お盆は先祖の霊を迎える大事な行事だと思うんだけどなあ」

わたしは仏間の鴨居《かもい》の上にずらりと並ぶ、遺影を見あげた。会ったこともないご先祖様たちである。彼らに責められているような気になる。

仁木くんもわたしの視線につられるように写真を見あげ、「お盆ってさあ」と両手を前に出した。お盆を持つような手振りだ。

「本来は、文字どおり、〈お盆〉なわけだよ。お盆に供物をのせて精霊をお迎えしたから」

「へえ……」そうなのか。

「お盆っていうのは、もともと、魂を入れ替えるときでさ。生きみたま、つまり生きている魂と、死霊の魂、死にみたまを祀るのがお盆だった。これに仏教の盂蘭盆《うらぼん》経の考えが合わさったのがいまのお盆なわけで……元来は、魂を招き寄せて、それを体内に入れて、逆にいらなくなったものには帰ってもらうってときだった」

「魂の入れ替え……」

そんなことができたら、いいだろうなと思った。

「もともとの風習に仏教がかぶさってくるから、そのへん複雑なんだよね。それも中世のころには混じってるから」

仁木くんはぶつぶつと込み入った話をしはじめる。そういえばいま何時だっけ、とわたしは腰をあげた。仏間に時計は置いてない。お昼ご飯には盆汁を作ると千代子さんが言っていたから、手伝わなくてはならないのだ。

縁側を通ると、中庭の隅に夏の濃い陽が落ちていた。建物に囲まれたこの庭は、陽があたるのはごく一部で、夏でもどこか薄暗い。だから涼しげでいいわけだが。隅を照らす強い陽のせいで、あたりの翳はいっそう青黒く見えた。軒先に紫陽花がつるされている。仁木くんとってきた紫陽花だ。商売繁盛、無病息災のまじない。この家はこんな古いまじないで満たされている。

台所に行くと、千代子さんが冷蔵庫から茄子やら半分に切った南瓜やらをとりだしているところだった。

「いまから?」

「ええ」

わたしは流しで手を洗い、エプロンをつける。エプロンは最近、雑貨店で見つけて買ってきた。ネイビーのシンプルなもので、ポケットだとか飾りだとか、よけいなものがついていないのが気に入った。

盆汁は使う野菜は多いけれど、べつに難しい料理ではない。ようは具だくさんの味噌汁だ。茄子も南瓜もいちょう切りにして、斜め切りにしたいんげんといっしょに出汁に投入する。やわらかくなったら、ゆでておいた大豆も入れて、味噌を溶いて、おしまい。

千代子さんは隣で枝豆をゆでていた。そのまま食べる用かと思っていたら、違うらしい。茗荷を薄い輪切りにして水にさらし、生姜の皮をむいてすりおろす。ゆでた枝豆を莢から出して塩をふると、ボウルに茗荷や生姜、じゃこも入れて、醤油を垂らして混ぜる。

「混ぜご飯にするの？」

「そう」

夏になると千代子さんがときどき作る混ぜご飯だ。たっぷり入った茗荷のしゃきしゃきした歯触りと、さわやかな風味がおいしくて、好きなご飯だった。千代子さんは混ぜご飯だったり炊き込みご飯だったりを作るのが、けっこう好きだ。

「こういうの、千代子さんのお母さんも好きだったの？」

千代子さんの手がとまった。

「……さあ、どうだったかしら。自分では作らないひとだったからね」

その声音が突き放すように冷ややかだったので、驚いた。そういえば、千代子さんは両親について語ったことがなかった気がする。漠然とした昔の話や、家の話はよくするが。両親が嫌いなんだろうか。脳裏にさきほど見た仏間の遺影がよぎる。あそこに千代子さんの両親も並んでいた。お盆に帰ってくるご先祖たちのなかに、彼らもいる。

これ以上この話題をつづけてはいけないというのは察しの悪いわたしにもわかったの

で、話題を変えた。

「仁木くん、なにしてるのかな」

いつもならともに手伝いに入る彼が、顔を出しにも来ない。まだ仏間にいるのだろうか。盆汁ができたので、呼びに行くことにした。

「仁木くん？」

仏間をのぞいたが、誰もいない。整えられた盆棚があるだけだ。自分の部屋にでもいるのだろうか。仏間は母屋の奥にあり、わたしは廊下をぐるりと回って座敷を抜け、縁側に出る。突き当たりは木戸が閉まっている。彼の部屋のある棟はその戸のさきにあった。彼のみならず、わたしや千代子さんの部屋もだ。そちらに向かおうとしたとき、ちょうど仁木くんが木戸を開けて出てきた。手にカメラをたずさえている。

「呼んだ？」

「ああ、うん。盆汁ができたから」

「ありがとう。手伝いそびれちゃったな。カメラをさがしててさ。盆棚を撮ったら、盆汁も撮らせて」

そう荷物が多くあるわけでもあるまいに、カメラひとつさがすのにそんなに手間取るのだろうか、と思ったが、卒論のための資料で埋まる彼の部屋を思い出した。あれではなにをさがすのもひと苦労だろう。

台所に引き返すと、千代子さんが炊きあがったご飯に茗荷やじゃこを混ぜ込んでいるところだった。ほんのりと生姜と醤油の香りがする。おいしそうだ。

盆汁を椀によそっていると、仁木くんがカメラ片手にやってきた。

「昔はお盆って、ひと月丸々だと考えられてたんだよね」

盆汁の写真を撮りながら、仁木くんは言う。

「そうなの？　十三日から十六日のあいだじゃなく？」

「地域によるけど。釜蓋朔日《かまぶたついたち》とか、七日盆とかいって、一日からだったり七日からだったりとかね。釜蓋ってのは、地獄の釜の蓋が開くってやつだよ。亡者が出てくる日ってわけ」

「地獄の釜……なんか聞いたことある」

いかにもおどろおどろしい言葉だ。

「あんたたち、しゃべってないで早く運んで。冷めちゃうでしょう」

千代子さんがいらいらと急かした。わたしも仁木くんもあわててご飯を運ぶ。盆汁に、茗荷と枝豆の混ぜご飯に、作り置きの茄子の含め煮、高野豆腐、ぬか漬け。

「お盆のあいだは精進料理って言ってたけど、じゃこはいいの？」

ご飯を食べつつ、箸でじゃこをつまんだ。

「じゃこぐらいはいいんじゃない？」

仁木くんは軽く言う。千代子さんは無言だ。いいということだろう。考えてみたら出汁も鰹を使っている。お盆はゆるいんだな、と思った。古いまじないにもうるさい家が。

それはそれとして、混ぜご飯はやはり茗荷の歯触りと風味がよくて、枝豆のほんのりとした甘みと合わさるのもおいしかった。生姜醬油もきいている。野菜ばかりで子供のころは好きではなかった盆汁も、いまはむしろ好きだ。といって子供のころ好きだったものが嫌いになるわけでもないので、味覚というのはふしぎだ。

「混ぜご飯っていいね」

仁木くんはおかわりをして満足そうに箸を動かしている。

「こないだの刻んだ生姜と鶏《とり》そぼろの混ぜご飯もおいしかったし。いろんなのがあっていいね」

「おいしい組み合わせっていうのがあるものなのよ」

千代子さんは言う。

「鶏と生姜とか、大根と油揚げとか。それを間違えなかったらだいたいおいしくなるわ」

へえ、と仁木くんは感心している。「相性って大事なんだね」

相性か、とふと考える。わたしと千代子さんの相性、千代子さんと母の相性、わたしと母の相性……いちばん悪いのはどれだろう。鰻と梅干しみたいに。

「それは食い合わせか」

ぽつりとつぶやくと、「え?」と仁木くんが首をかしげた。

組み合わせどころか食い合わせが悪いから、いっしょにいられないのだろうか。しかしそれを言ったら、わたしは食い合わせの悪いひとばかりである気がする。そう考えると、どんよりしてきた。

食事を終えて、土間から外に出る。手洗い場と奥に蔵、さらにその奥には広々とした庭がある。ひんやりと翳の落ちる土間と違い、むっとした暑さに包まれた。濃い青空に雲の峰が厚く積み重なっている。もくもくとふくらむ入道雲は、地の底から湧き立ってきたように思えた。地獄の釜の蓋が開いて、湧いてきた雲だ。ならばあの雲は亡者の魂だろうか。

たぶん、蓋が開いて湧いてくるのは、亡者ばかりではない。

妄執も、怨念《おんねん》も、悔悟も、ありとあらゆる情念がふくれあがってあふれ出るような、そんなときなのではないか。

そうとらえたわたしの直感は、あたっていた。

夜になっても、熱気がじっとりと残っている。窓を開けても通る風はなく、なまぬるい闇《やみ》が染みこんでくるだけだった。

エアコンをつけよう、と窓に手を伸ばしたとき、携帯電話が振動しはじめた。音が鳴るのは嫌いなので、つねにマナーモードにしている。喜夫おじさんだろうか、とまず思った。電話をかけてくるようなひとは、おじさんくらいしかいない。しかし表示を見て、思わず「えっ」と声が出た。

表示には、《ちひろ》とある。大学時代の友人だ。わたしの脳裏に彼女の冷めた笑いがよみがえる。『茜ちゃんって、美人だもんね。たいへんだね』と言った、あの子。

なぜいまごろ、それも電話なんか。大学時代にも、電話で話したことなどない。連絡はいつもLINEのメッセージだった。通話機能は使ったことがなかった。それが、いま。

もちろん迷ったが、通話ボタンを選んだ。無視しても気になってしかたないだろう。

「……はい」

なんといって出ていいかわからず、そう言った。

「茜ちゃん？　ねえ、あのさ、ちひろだけど」

外からかけているのか、背後にひとのざわめきが聞こえる。居酒屋だろうか。彼女の声は熱帯夜の上をすべってゆくような軽やかさがあった。

「ねえ茜ちゃん、聞いた？　あのオヤジ、捕まったんだって！　びっくりだよね」

「……誰の話？」

「やだ、あれだよ、茜ちゃんにセクハラしてたっていうオッサンだよ。そいつさあ、強制わいせつだかなんだかで訴えられたんだって。何年か前の就活生に。そしたら自分も被害にあったって子が続々名乗り出てきてさ、やっぱいの。ホテルに連れ込まれた子もいたらしいよ。いままで何回もおなじ手口使ってたって。すんごい悪質。会社は当然クビになって、それでさ、そいつ、教授の知り合いだったでしょ。知り合いっていうかね、あれよ、昔の恋人だったとかどうとかって。あいつがなにやってるかもわかってて、ゼミ生紹介してたんじゃないかって、大学でも大揉めしてるらしいよ。マリから聞いたんだけど。ねえ、びっくりじゃない？」

ちひろの声には、純粋に驚きを含んだ素直さがあった。ねえ、びっくり。わたしもびっくりだ。いろいろと。頭が追いつかない。

「あたしね、正直、茜ちゃんから聞いたときはそこまでひどい話だと思ってなかったんだよ。セクハラオヤジなんてどこにでもいるしさあ。だからあたし、けっこうひどい態度とったよね、あのとき」

ちひろはわたしの相槌を待たず、早口にまくしたてる。どうしてだかわかる。うしろめたいからだ。

「もっとちゃんと話聞いてあげなきゃいけなかったよね。悪いことしたなって、気になってて。謝んなきゃって……」

ちひろの声がしんみりと沈む。遠くで華やいだ笑い声が響いた。すこしの沈黙のあいだ、息を吸いこむような気配がする。ふたたびちひろの声がした。

「あのときは、ごめんね。電話でちゃんと謝りたかったんだ」

わたしは窓の外に目を向ける。電灯も月もなく、おもしろいくらいまっくらだった。雲だけが薄明るく空に浮かんでいるのがわかる。沼の底にいるような暗闇だった。

息が苦しい。

「茜ちゃん？　聞こえてる？」

「……うん」

「ねえ、悪かったと思ってるんだよ。だから謝ってるんだよ」

ちひろの声は、不服そうだった。

「うん、聞こえてたよ」

わたしの口からは、乾いた声が洩れた。

「じゃあ、なんとか言ってよ」

「なんとか？」

こんなに蒸し暑いのに、指先が冷えてゆくようだった。

わかっている。ちひろが謝ったあとすぐ、『ううん、もういいよ』と言えばよかったのだ。『気にしてないから』と。それが人と交友するうえでの、お決まりの儀式だ。

でも、わたしはいま、息が苦しい。苦しいんだよ、ちひろ。わたしの気持ちを、訊いてはくれないの。自分の気持ちだけは、一方的にまくしたてるのに。

喉がふさがって、言葉が出てこない。

「……茜ちゃんってさあ、そういうとこあるよね。頑固っていうかさあ、絶対譲らないじゃん？　そういうのがだめなんだよ、茜ちゃんは」

電話の向こうで、ちひろはため息をついた。

「直したほうがいいと思うよ？　じゃあね」

通話は切れた。ボタンを押して画面を消す。まっくらな画面は、外の暗闇とおなじだった。

自分の頑なさは、よくわかっている。でも、どうすればいいのかわからない。どうやったら、楽に息ができるのだろう。

膝をかかえて、まっくらな画面を見つめていた。その画面にぱっと明かりが灯《とも》り、ふたたび振動する。またちひろかと動揺したが、違った。

マリからのLINEメッセージだった。電話でないぶん、ほっとする。画面を操作して、メッセージを確認した。

『ちひろから電話あったでしょごめんね』

『あたしはそっとしときなよって言ったんだけど謝りたいとか言って聞かなくて』

『いいこっぽいことするの好きだからねあのこ』

『茜ちゃんのこといちばんひどく言ってたのちひろなのにさ』

『そのくせいちばんに謝って許してもらおうとかずるいよね』

途中で読むのがいやになって、手をおろした。面倒だ。もうすべてが面倒だ。叫びだしたい。なにも考えたくない。泥のように眠りたい。眠って、眠って、目覚めたときには別人になっていたい。母から生まれていないわたしになりたい。

無理な話だけれど。

携帯電話を放置して、階下に向かった。酒でも飲まねばとても眠れそうにない。台所に入ると、先客がいた。仁木くんと千代子さんだった。ふたりの顔を見ると、妙にほっとした。戻ってきた、という感じがした。

「ちょうどいいとこに。いま呼ぼうかと思ってたんだ」

ふたりの前には、梅酒の瓶が並んでいた。

「梅酒の飲み比べ。これが三年前に漬けた梅酒で、こっちは十年前だって」

「十年？ そんなの飲めるの？ 腐ってない？」

「腐らないわよ。ちゃんと気をつけて作って保存してるんだから」

千代子さんが心外そうに言う。

「煮沸《しゃふつ》消毒と雑菌の混入と保管場所に気をつけたら大丈夫みたいだね。ここは夏でも涼しいし」

「ふうん」わたしは台所を見回した。「まあ、たしかに土間って涼しいよね」

腰かけに座って、氷を入れたふたつのグラスに梅酒をそそぐ。どちらも透きとおった飴《あめ》色《いろ》だが、十年前のほうはより濃い色をしている。三年前のほうは、まだ琥珀《こはく》色に近い。まず三年前のほうに口をつけてみる。甘くておいしい。梅の酸味もある。もういっぽうの十年物を飲んでみると、濃い。色とおなじく。濃厚な甘さがあった。

「濃いね」

「うん」仁木くんもうなずく。「なんか濃縮還元って感じ」

「それは違うんじゃ」

「甘みも増してるよね、梅っぽい感じじゃあんまりしない」

「うん、はちみつみたい」

わたしと仁木くんがそんな感想を述べるなか、千代子さんは十年物の梅酒をちびちびと飲んでいる。

「去年漬けたのとかだと、どうなの？　もっとあっさりした感じかな」

「去年は漬けなかったから、ないわよ」

「漬けなかったの？　なんで？」

千代子さんはじろりとわたしを見た。

「あんた、ろくすっぽ帰ってこなかったじゃないの。飲むひともいないのに、毎年作ったってしょうがないじゃない」

わたしは肩をすくめる。やぶ蛇だった。

「じゃあ、今年は作れてよかったね」

仁木くんが笑う。梅酒がおいしいので、上機嫌になっている。

「そうね」仁木くんの上機嫌につられたように千代子さんはすこし笑った。「この梅酒でゼリーも作りましょうか。おいしいのよ」

「なにそれ、わたし食べたことない」

「お酒の味がきついから、子供のころは食べさせられなかったのよ」

「子供が寝たあとで大人だけでこっそり食べるやつだ。あるよね、そういうの」

仁木くんは早くも三杯目の梅酒をつごうとしている。十年物のほうが気に入ったらしい。

「いまある梅酒、仁木くんに飲み尽くされるんじゃないの……?」

　あきれて言えば、

「大丈夫、大丈夫。俺の首はやっつもないからね」

と返ってきた。意味がわからない。「八岐大蛇《やまたのおろち》、知らないの」目を丸くして驚かれたが、民俗学の学生といっしょにしないでほしい。仁木くんは「高天原《たかまがはら》を追放された素戔嗚が」とか「『捜神記《そうじんき》』の大蛇退治が」とか八岐大蛇についての講釈を長々と披露してくれたが、酔っ払いの言うことなので半分も聞いていなかった。本人もこちらが傾聴しているかどうか気にしていない。アルコールで頭のなかがぼんやりと霞《かす》む。頬杖《ほおづえ》をついて梅酒の瓶を眺めた。きれいな飴色だ。十年前、わたしはなにをしていたろう、と考えて、思い至る。十年前といったら、母が駆け落ちした年じゃないか。グラスにまだ残っている、こっくりとした飴色の梅酒を見つめた。仁木くんの顔を眺め、ついで千代子さんに目を向けた。千代子さんは氷を溶かすようにグラスを揺らして、梅酒を見つめていた。

　ふいに、わたしたちの十年というものを思った。その底に沈殿しているもの。梅酒のように美しい飴色には、けして育たないもの。

　この十年でわたしが得たものはなんなのだろう。友人関係もまともに築けず、ろくでもない男たちを引き寄せただけか。

でも、こんなわたしでなかったら、この三人でこうやって梅酒を囲むこともなかったのではないか。

ただそれだけのことが、今夜のわたしには慰めだった。ほんの梅酒一杯のことが。

のちにそれは、すべてまぼろしだったのだと知るのだけれど。

第四章

夜寒の牡蠣《かき》味噌汁

九月も半ばになると、朝晩が過ごしやすくなってくる。日中の陽ざしもこころなしか薄くなってきた。木陰が淡い。ときおり暑さがぶり返して、あるいは急に冷え込み、着るものに迷う時季だ。

その日は起き抜けが涼しかったので長袖のシャツを選んだが、玄関を出た瞬間に後悔した。暑い。事務所に着くころには汗が背中を濡らしていた。腕まくりして書類のファイルで扇《あお》ぐ。五味さんが穏《おだ》やかに笑った。

「暑かったり涼しかったりで、着るものに困るよねぇ」

五味さんは扇子《せんす》で扇いでいる。天気予報をちゃんとチェックしてきたのか、半袖のワイシャツを着ていた。

「そうこうしてるうちに寒くなるのよね。気候のいい時季って毎年短くなってる気がして、やんなるわ」

百合丘さんも半袖のシャツだ。下も色はカーキだが涼しげなリネンのパンツである。わたしもちゃんと天気予報を見て着るものを決めよう、と思った。シャツが汗で貼りついて気持ち悪い。

「昨夜は涼しかったのにねえ。ちょっと雲がかかってたけど、月もきれいに見えて」

「ああ、昨日って十五夜だっけ」

「百合丘さんは見なかった？　きれいなお月様だったのに」

「月は見たけど、団子食べたり薄《すすき》飾ったりとかはしてないわね」

「僕のうちは里芋をゆでるよ、衣《きぬ》かつぎ。月見団子は買ってくるけど。九重さん家《ち》はちゃんとしてそうだよね」

「ちゃんとかどうかは知りませんけど……」わたしは首をかしげつつ答える。「団子と里芋をお供えしますね、仏壇と神棚に。来月の十三夜にも。このとき供えるのは豆と栗《くり》とさつまいもですけど」

「来月も月見あるの？」と訊く百合丘さんに、

「お月見は旧暦八月の十五夜と、九月の十三夜があるんです。片方だけやるのは片月見っていって、よくないそうで」

と説明したが、すべて仁木くんの受け売りである。

「へえ、やっぱりそういうとこきっちりしてんのね、旧家っていうのは」

「最近はやってなかったんですけど、今年は同居人がうるさくて」

「同居人？　おばあさんだっけ？」

「いえ、そのひととはべつの……居候というか」

「居候」百合丘さんは目を丸くした。「なかなか聞かない言葉ね」

「ええ、まあ、諸事ありまして」

百合丘さんは、ふっとおかしそうに笑った。

「あなたって、ふしぎなとこあるわよね」

「はあ……」どういう意味だろう。

「あなたのお母さんもふしぎなひとだったけど、それとはちょっと違うふしぎさね」

百合丘さんの顔を眺めた。そういえば、と思う。

「前に、百合丘さん、言いましたね。わたしが母によく似てるって……とくに目が、って」

母と知り合いだったのかと、訊こうと思って訊きそびれていた。

百合丘さんはわたしの顔を検分するように薄目で見た。

「そう、似てるわね、顔はね。でも、中身は似てないわね」

「母をご存じなんですか」

「そりゃ、同級生だったもの」

なるほど、とうなずいた。母と同年代なので、そうだろうかとは思っていた。

「高校でね。おなじクラスになったことがあって。友だちとかじゃないけどね」

「あのひとって、友だちいたんですか？」

百合丘さんはまたおかしそうに笑った。

それきり、百合丘さんは母について言及することはなかった。

「さあ、どうだかね」

十五夜のあとは、お彼岸である。

「九重家は彼岸に入ったら仏様と神様に団子を供えて、おはぎを作って檀那寺《だんなでら》や分家に配ってたみたいだね」

仁木くんが言う。

「秋の彼岸は萩の季節だからお萩で、春の彼岸は牡丹《ぼたん》の牡丹餅《ぼたもち》なんだっけ」

そんな話を聞いたことがある気がしたのだが、仁木くんの返事は「諸説あります」だった。

「秋のおはぎと区別して春は牡丹の花を模《も》して大きめに作るんだって地方もあるし、秋は収穫したばっかで豆がやわらかいから粒あんで作ったのがおはぎ、春は固くなってるからこしあんで作るのがぼたもちだともいうし。餅とか手で握って作った食べ物をボチっていうんだけど、ぼたもちのボタっていうのはここから来てるんじゃないかという説もある」

つらつらと仁木くんは述べる。

「萩は、お盆に精霊を迎える盆花のひとつでもある。だから彼岸供養のお供えをおはぎと呼ぶのは納得がいくかな。春秋の餅、どちらもおはぎと呼ぶところもある。――この地域もそうだと思うんだけど」

「うちでは、秋でも春でも『おはぎ』よ」

と、千代子さんがうなずいた。

「俺個人の意見としては、おはぎのハギは萩だろうけど、ぼたもちが牡丹の餅っていうのは、抵抗あるな。あとづけの意味じゃないかなあ。牡丹って時季的にも彼岸の花じゃないし。春の彼岸に咲くのは猫柳の花だ。昔は、これが仏様に供える花だったんだよ」

そんな話をしながら、仁木くんは炊きあがったもち米をすりこぎでつぶしている。わたしは赤飯のときの要領でゆでた小豆を火にかけ、砂糖を加えて煮詰めていた。しゃもじで鍋底をこすりあげるようにして練ってゆく。

「あんまりつぶしすぎないで、しゃもじで混ぜて」

千代子さんが仁木くんに指導している。ご飯をつぶしたりするのは力仕事なので、仁木くんがやってくれて助かるらしい。

「あんこはこれくらいでいい？」

煮詰まった小豆を千代子さんに見てもらい、「いいわよ」と許しが出たので火をとめる。このまま冷ましておく。冷めると固まるので、ちょっとやわらかいかな、くらいで火から下ろすのがいいそうだ。

あんことご飯が冷めたら、大きさをそろえて丸めてバットにのせてゆく。手に水をつけてご飯をとると、俵形に整える。あんこは手のひらのうえで広げて、そこにご飯をのせ、包む……のだが、うまくいかない。端まで均一に包むのが難しい。

「あんの端を薄く伸ばすのよ。そうしたら重なっても不格好にならないでしょう」

千代子さんの助言に従うと、なんとか形が整う。慣れてくるときれいに仕上がるようになった。

「……そういえば」

しゃべる余裕ができて、ご飯をあんこで包みながら口を開く。

「お母さんの同級生に、百合丘さんていたの覚えてる？」

「百合丘さん……？」

千代子さんはけげんそうに眉をひそめる。「知らないわ」

「そっか」

「誰なの」

「だから、お母さんの同級生」

「それがどうしたの」

「職場の先輩なんだよ。こないだ同級生だって知って」

千代子さんは黙りこむ。眉間によった皺から、いらだちが伝わってきた。千代子さんは母について自分から話題にすることはあるのに、わたしからすると機嫌が悪くなる。

「……景子の友だちなの？　そのひと」

「え、ううん、同級生ってだけ」

「そう」

この話題は終わりだ、とばかりに千代子さんは口を閉じ、手のなかのおはぎに目を落とした。

できあがったおはぎを重箱に詰める。おはぎは、大きさをそろえたつもりでも、ふぞろいだった。

おはぎを作り終えて、そのあとかたづけも終えると、部屋に戻った。それから思い立ち、向かいの部屋に入る。六畳のこの部屋は、シーズンオフの服だとか布団だとかが置いてある。押し入れを開けて、奥にある段ボール箱をひっぱりだした。ここには現在わたしが使っている部屋の前の住人、つまり母の私物がしまいこまれている。私物といってもほとんどのものは千代子さんが処分してしまったので、卒業アルバムとか、卒業証書とか、辞書とか、そんなものだ。わたしが思い立ったのは、『百合丘さんがほんとうに母の同級生かたしかめてみよう』ということだった。

段ボール箱のなかには小中高の卒業アルバムが収められている。高校のものをとりだした。

「なにやってんの？」

背後から声をかけられて、びくっとした。仁木くんが敷居の向こうに立っている。

「お、卒アル？　西ちゃんの？」

「違うよ。母親の」

「そんなのとってあるんだ」

仁木くんはわたしの横に座りこみ、段ボール箱のなかをのぞきこんだ。「これ、ぜんぶ茜ちゃんのお母さんの？」

「うん」と答えると、仁木くんは興味があるらしく箱の中身をあれこれ検分しだした。わたしはそれをほうっておいて、アルバムに目を戻す。

布張りの表紙を開いて、ぱらぱらとページをめくる。クラスべつにわけられた生徒の写真を眺めていると、髪型や化粧に時代が出ていておもしろい。華やいだ雰囲気の女子はみな、長い髪をおろして前髪をすいて薄くしている。ページをめくる手がとまる。母がいた。こういう写真で見ると、ふしぎと母の印象はあいまいになる。こんな顔立ちだったか。あの、ひとの口を閉じさせてしまうまなざしは、写真からは感じられないせいだろうか。どこを見ているのかわからない目をしている。唇を意固地そうにきゅっと閉じているところに、記憶にはない母の幼《おさな》さを発見する思いだった。

おなじクラスのページに、百合丘さんもいた。いまより顔がふっくらとしているが、印象は変わらない。きりっとした感じ。

同級生というのは、たしかだった。疑ったというよりは、好奇心のほうが強かったのだが。

集合写真を見たとき、ああ、やはり母だな、と思った。ふと目が吸いよせられるひとだった。

「あ、千代子さん」

仁木くんが手をとめてふり返る。つられてそちらに顔を向ければ、千代子さんがけわしい顔でわたしたちをにらんでいた。

「こんなに散らかして」

「ごめん、すぐかたづけるから」

「なにをさがしていたの」

千代子さんの声は硬い。わたしは手にしていたアルバムをかかげた。

「卒業アルバムを、ちょっと見たくて」

「見たってしょうがないでしょう、そんなもの」

しょうがないものを捨てずにとっておいているのは、千代子さんだろうに——と思ったが、もちろん口には出さなかった。

「お母さんを見てたんじゃないよ、百合丘さんを見たくて」

そそくさとアルバムを箱にしまう。千代子さんはわたしが箱を押し入れに戻すまで、監視するようにじっと見ていた。なにをそう警戒しているのだろう。

『なにをさがしていたの』

さがされたくないものが、あるからか。遺言書？　でも、それがこんな『不要品をとりあえずしまっておく場所』の押し入れにあるとも思えないけれど。いや、あえてありそうもないところに隠しているのだろうか。

千代子さんの視線がとげとげしいのは、怒っているからではない、とわかる。不安を覆《おお》い隠《かく》すためだ。千代子さんが怒るときはもっと舌鋒《ぜっぽう》鋭い。

わたしは千代子さんの視線を避けるように部屋を出て、階段をおりた。仁木くんがあとをついてくる。千代子さんがかりかりしていたのは、彼が箱のなかをあさっていたせいもあるのではないか。ちらりとふり返ると、仁木くんは「お茶淹れて、おはぎ食べようよ」と気楽な調子で言った。

翌朝、百合丘さんに「母と高三のときおなじクラスだったんですね」と言うと、ちょっといやな顔をされた。

「卒業アルバムでも見たわね」

「見ました」

「ああいうの、写真のせるかのせないか選択できたらいいのに」

百合丘さんの声は呪いでも吐くかのように忌々しそうだった。

「写真、嫌いなんですか」

「写真が嫌いなんじゃないのよ、否応《いやおう》なしに過去の自分の写真がよそのひとのとこに残ってるっていうのがいやなの。あたしが不慮の事故や事件に巻きこまれて死んだらその写真が人目にさらされるんだろうし、そうでなくともいまみたいに、同級生の子供がその写真を見たりするんだから」

「ああ……なんか、すみません」

「べつにいいわよ、しかたないんだから」

そう言いつつもムスッとしている百合丘さんに、

「おはぎ食べますか」

と昨日作ったおはぎを詰めたタッパーを保冷バッグから出すと、彼女は笑った。

「いい賄賂《わいろ》を持ってきたわね。お茶淹れるわ」

機嫌は直ったらしい。よかった。

「九重さんのお母さんは、きっときれいなひとなんだろうねぇ」

皿にとりわけたおはぎを前に、五味さんはにこにこしている。「高校生の百合丘さんていうのも、見てみたいけど」

「見なくてけっこう。見てけっこう。――あのひとは、きれいというか、じっと息をひそめてる豹《ひょう》みたいなひとだったわよ」

その喩《たと》えがよくわからず、首をかしげる。

「爪と牙《きば》を隠してたってことよ」

と、百合丘さんは言葉をつづけた。

「はあ……」

「わからない？」

わたしはうなずいた。

「あなたも似たようなもんでしょう」

とだけ、百合丘さんは言った。ますますわからない。

答えを教えてくれたのは、昼休憩のときだった。ランチに誘われて、わたしは百合丘さんおすすめの喫茶店に入った。五味さんは奥さんが作ったお弁当があるので、事務所で留守番である。

「ここはオムライスがおいしいのよ」

と言うのでオムライスを注文した。出てきたのがこじゃれたカフェ風のものではなく、昔ながらの薄焼き卵でチキンライスをくるりと巻いたオムライスだったので、百合丘さんのおすすめは信頼に値すると思った。わたしはこういうオムライスが好きだ。

「あなたのお母さんと、掃除当番がいっしょだったのよね。階段と渡り廊下の当番でね。階段のほうは仲のいい子たちでかたまって、あぶれたあたしとあなたのお母さんが渡り廊下の担当になったってわけ。渡り廊下って、たいして掃除するとこないじゃない？　ゴミ拾って、箒《ほうき》で掃いたらおしまいよ。残り時間をつぶすのが苦痛でね。まあ、それはあなたのお母さんもおなじだから、自然と話し相手になったのよ」

母に興味はないが、高校時代の百合丘さんには興味があった。オムライスを口に運びつつ、耳を澄ましている。チキンライスのケチャップ味と、薄焼き卵のほんのりとした甘さがちょうど合う。オムライスはひとり暮らしのとき何度か作ったことはあるけれど、どうしてもご飯がべちゃっとなってしまってだめだった。このご飯はやや固めで、ぱらりとしている。固めに炊けばいいのだろうか。

「あなたのお母さん——面倒だから景子さんって呼ぶけど、景子さんは、きれいだけどおとなしい子って印象でね」

「おとなしい……ですか」

のべつまくなししゃべり倒しているというひとではなかったが、おとなしい、と言われると違和感があった。

「だからね、爪と牙を隠してたんだってことよ。目立たず、沈まず、成績は上位じゃないけど半分から下にはならない、校則は破らない、そこその優等生って位置。なんでだかわかる?」

わたしはスプーンを動かす手をとめて、百合丘さんを見た。百合丘さんはうっすらと笑っている。

「……千代子さんがうるさいから?」

「それよ」

百合丘さんはオムライスを崩して頰張った。豪快に食べるひとだ。

「卒業したら家を出るために、いまはおとなしくしてるんだって、教えてくれたのよ」

つまり、そういう打ち明け話をされるくらい、母と親密だったわけではないか。友だちではない、なんて言っておいて。

そう思ったのが顔に出たのか、百合丘さんは愉快そうに笑った。

「あたしと彼女は、掃除の時間にむだ話する程度の関係よ。むしろそういう薄い関係だから、話してくれたんじゃないかしら。相手の反応を気にしなくてすむもの。友だちに話して反対されたり軽蔑《けいべつ》されたりしたらいやじゃない」

うなずかざるを得なかった。ほんとうにそうだ。

「景子さんはね、千代子さんから逃げたかったのよ。そうとう、そりが合わなかったみたいね。あなただってそうなんでしょう」

「わたしは……」

千代子さんではない。母だ。わたしが家を出た理由は、母の影をふりはらいたかったからだ。

でも、母は千代子さんから逃げたかった。だから逃げて、でも、戻ってきた。

わたしを産んだからだ。

「……………」

薄もやが胸のなかに広がって、それはだんだんと濃く、暗く、冷たくなってゆく。体じゅうに染みわたる翳になる。

「わたしを産まないでいてくれたら、ぜんぶよかったのに」

ため息とともに言葉が洩れる。舌が冷ややかに凍りつくようだった。

百合丘さんがオムライスを口に運びながら、わたしの顔を眺めている。

「似てるわよ、あなたたち」

目をあげて百合丘さんの瞳を見た。百合丘さんは笑っていない。

「そうやって、自分で自分に呪いをかけたがるところ」

わたしは目を落とす。半分ほどになったオムライスの赤い色が妙に目に痛い。百合丘さんの言葉は、からかった。

記憶のなかにある以上の母のことを、わたしはよく知らない。興味がない。知りたくもない。興味がない、と知りたくない、は別物か。知りたくない、がたぶん本音だ。それで、興味がないふりをしている。

ひとりの人間としての母の輪郭を、知りたくない。『子供の卒業式当日に同級生の父親と駆け落ちした母』、この記号でじゅうぶんだ。

仕事を終えて、ビルを出る。夏にはまだまだ明るかった空が、いまは薄藍に染まっている。遠くの山陰に夕陽のなごりが見えた。

陽が沈むと肌寒くなる。足早に家に向かう。大通りを曲がって路地に入ると、家の前に千代子さんがいた。こちらに背を向けて、郵便受けからとりだした手紙を確認している。

「ただいま」

千代子さんはぎょっとしたようにふり向いた。その驚きようにこちらが驚く。

「え……どうかした?」

「ああ、急に声かけるから、びっくりしたじゃない」

千代子さんは怒ったように言って、玄関に入る。そんなに驚くことだろうか。声をかけるのが遅れれば、『まずただいまでしょう』と叱るだろうに。

千代子さんは居間にあがり、ダイレクトメールらしき葉書をくずかごに捨てて、封書を一通、袂《たもと》に入れた。なんの手紙だろう、と思ったが、じろじろ見ているとまた怒られそうなので、奥の手洗い場に向かった。

無心になって手を洗う。蛇口をひねり、タオルで手を拭いて顔をあげると藍色の空が視界に広がる。さきほどよりも藍色が深くなっていた。雲が空の色を映して灰色に沈んでいる。あたりに満ちる青ざめた薄闇が、胸の奥まで染みこんできそうだった。

家のなかに戻ると、ちょうど千代子さんが台所に入るところだった。

「今日は栗ご飯よ」

おや、と思う。機嫌がいい。声が軽やかだ。ついさっきは、機嫌が悪いのかと思っていたが。

「じゃあ、着替えて手伝うよ」

「ええ、お願い」

着替えて戻ってきたら仁木くんがいた。帰ってきたところらしい。彼はまだ夏休みで、卒論のために資料を読みあさりに、大学の図書館に通いつめている。

栗ご飯の下準備はすでに終えてあった。栗はきれいに皮と渋皮《しぶかわ》をむいて、ざるにあげてある。千代子さんはいつも栗を焼きみょうばんを溶いた水につけておく。黄色があざやかになるそうだ。千代子さんは炊飯器に米ともち米を入れて、手早く水やみりん、塩を加えて混ぜ合わせる。栗も入れたら、平らにならしてあとは炊くだけだ。

「里芋はゆでてあるから皮をむいて、あと大根を切って。大根はお味噌汁用とおろし用と」

栗ご飯の用意をしながら、千代子さんはわたしと仁木くんに指示を出す。栗ご飯に、里芋の煮物、大根と油揚げの味噌汁、さんまの塩焼き。それが今夜の献立である。仁木くんが大根係になり、わたしは里芋の皮むき係になった。ゆでると里芋の皮は手でつるりとむける。たまに妙に硬くてなかなかむけないものもある。出汁に醤油、みりんといった調味料を加えて火にかけておいて、煮立ったところに里芋を放りこんでいった。

仁木くんは大根を短冊に切って、残りをおろし金でおろしている。千代子さんはさんまに切れ目を入れて塩をふり、熱した網にのせた。しばらくするとさんまの脂がくつくつと音を立てて身からあふれ、皮の焦げるいいにおいがしてくる。とたんに空腹感が増す。

「やっぱり秋はいいね。おいしいものがいっぱいで」

さんまのにおいにやられたのは仁木くんも同様らしく、こんがりと焼けてゆくさんまを凝視している。よだれを垂らしそうな顔をしていた。

「さんまにしろ栗にしろ、わたしたちにおいしさを味わわせるために育ったわけじゃないのに、そうなるのってふしぎ」

ぽつりとつぶやくと、

「そういうもんなんじゃない?」

と、仁木くんは簡単に答えた。そういうものなのか。

「あんたは昔から、面倒くさいことを考える子だったねえ」

千代子さんがあきれたように言う。そうだった。子供のころから、わたしの発言を千代子さんは『面倒なことを考える子だね』と言っておしまいにした。わたしは面倒な子だった。

「俺が言いたかったのはさ」

仁木くんが大根をおろしながら言葉をつづける。

「えてして意図しないことのほうに意味が生まれるものだよねってことね」

「ああ……」

煮汁がふたたび煮立ってきたので火を弱め、落とし蓋をする。仁木くんの言葉を胸のうちで反芻《はんすう》した。

「思いがけないことって、あるよね」

「そうそう」

面倒くさいこと、にちゃんと意見が返ってきて、いくらか意表を突かれていた。仁木くんは会話を面倒がらない。

そうか、と気づいた。わたしが面倒な子なのではなく、千代子さんが面倒がっていたのだ。千代子さんはそういうところがあった。あれこれ考えるのをいやがり、会話を打ち切ってしまう。思考を拒絶している。

鍋を揺すって、里芋に煮汁をからめる。隣ではさんまが裏返されて、いいあんばいにこんがりと焼けていた。千代子さんは味噌汁の準備にとりかかっている。戸棚から鍋をとりだしていた。千代子さんがなにを考えているのか、わかるようで、わからない。面倒がられている、というのは、面倒な子であると思うよりも、胸を重くした。

呪い――呪いか。百合丘さんの言がよみがえる。『面倒な子』というのは呪いだけれど、面倒がられている、と気づくより、ましだった。

母はわたしを産んだことを後悔しているだろう、と思うよりも、産んでくれなくてよかったのに、と呪うほうが、ましだった。

煮汁がなくなったことにしばらく気づかず、里芋はすこし焦げた。炭になればよかったのに。

九重家では十月二十日と一月二十日に、恵比寿講というものがある。商売繁盛の祈願のために、恵比寿様を祀るのである。大座敷の床の間に三福神を描いた掛け軸をかけ、その前に恵比寿像を据えて、お神酒《みき》や焼き鯛の膳を供えて祀る。といっても、実際に行っていたのは千代子さんの両親の代までで、わたしは見たことがない。仁木くんは蔵に道具類が残っているのを見つけ、喜び勇んで再現しようとしている。むろん、手伝いにかり出されるのはわたしである。

「恵比寿様は商売の神様だから、商家ではよく信仰されてたんだよ。いまはもう、そういうのってほとんどないけどね。商売の神様ってだけじゃない、農村では田の神だったり、漁村では漁の神様だったり、いろんな顔がある。あらゆる方面で信仰されてる神様だね。だから祭日もまちまちだし。関西だと一月十日のお祭りで——十日戎《とおかえびす》だね、東京だと十月にべったら市がある。地域によっては十一月だったり、十二月だったり。十月に祀るのは農村地域で、商業地区は一月に祀るともいうし、複雑なんだよね」

蔵のひとつに入って掛け軸やら膳やらを出しながら、仁木くんが説明する。説明というか、ひとりごとに近い。

「掛け軸って、これでいいの？」

細長い木の箱を開けて、掛け軸をとりだす。破いたりしたら怖いので、広げるのは仁木くんに任せた。

「そうそう、これこれ。〈三福神図〉だ。恵比寿に大黒、布袋《ほてい》がいるだろ」

掛け軸の絵には、鯛と釣り竿《つりざお》をたずさえたおじさんと、大きな袋にもたれかかった恰幅《かっぷく》のいい禿頭《とくとう》のおじさんと、米俵に乗って打ち出の小槌《こづち》をふっているおじいさんが描かれている。みんな福耳だ。どれがどの神様なのか、わたしにはわからない。

べつの木箱の蓋を開けると、布にくるまれた木彫りの像が出てくる。鯛を小脇にかかえて笑っている、小振りの像である。

「それが掛け軸の前に祀る恵比寿様の像。あと、この家では大福帳の雛形《ひながた》……豆本みたいなやつね、それと縁起物の扇子に、膳と肴台《さかなだい》にのせた焼き鯛を供えるんだ。あ、これだな」

仁木くんは木箱のなかから、ミニチュアみたいな帳面と、扇子を何本かとりだす。すべて油紙に包まれて、丁寧に収められていた。

「あと膳と肴台と。ここの家はぜんぶまとめてわかりやすく保管してあるから、助かるよ」

これらは大きな漆塗りの木箱に入れられていて、前面に《恵比寿講》と記した紙が貼ってあった。ご先祖様は几帳面である。

確認したものをふたたび収めて、ふたりがかりで箱をかかえ、母屋の大座敷に運んだ。

千代子さんは持病の高血圧の薬をもらいに、かかりつけ医のもとへ出かけて留守である。

「お供えの膳には鯛の刺身に名吉《なよし》と九年母《くねんぼ》の膾《なます》、牡蠣《かき》と豆腐の味噌汁……海の幸だなあ」

仁木くんは献立のコピーを眺めている。

「ナヨシとクネンボってなに？」

「名吉は鯔《ぼら》のことで、九年母はみかんの一種」

どちらもたぶん食べたことがない。

「それから、いなだの辛子味噌和えに、半平《はんぺん》と青海苔《あおのり》の葛《くず》あんがけ——」

イナダってなんだろう、と思ったがそうたびたび訊いてばかりなのも気が引けるので、検索しようと携帯電話をとりだした。

「いなだってのは、魚だよ。鰤《ぶり》がまだ若いときの名前。出世魚はわかる?」

仁木くんは親切に先回りしてくれる。こういうところは、小学生のころ学級委員をやっていた彼を思い出させた。

「成長するにつれて名前が変わる魚だっけ……?」

「そうそう。名吉もそれね」

仁木くんは掛け軸を木箱からとりだして、床の間に飾る。その背中を眺めながら、このひとはほんとうに、どうしてうちに住みたがったんだろう、とふしぎに思う。仁木くんはいくらか性格に歪みが生じたようではあるが、基本的に親切で賢いひとである。彼のようなひとは、理に適《かな》わないことはしない。無理を通したところで、なにを得られるというのか。天秤《てんびん》にかけて、得がなければ手を出さない。自分を抑えられる。そういうひとだと思う。

しつこく理由を訊いたら答えるだろうか、それとも最初のときのようにはぐらかすだろうか、と思ったとき、手にしたままだった携帯電話が震えた。

喜夫おじさんからの電話だった。通話ボタンを押しつつ、座敷を出る。電話の内容は簡潔で、「近くまで来たから顔が見たい」ということだった。ようは、例の件の催促である。

「おじさんがこっちに来てるから、ちょっと会ってくる」

座敷に戻って仁木くんに言えば、

「ここで会わないの?」

と、ふしぎそうに言われた。

「仁木くんのこと、納得してもらえるように説明できる気がしない」

「ああ、たしかに」

『たしかに』ではない。まったく。

なんだってわたしは仁木くんの同居を許しているのだろう。ときどきふと、われに返るような気持ちになる。

だが、これはさほど考えこまずとも答えは出る。あまり考えたくないことだけれども。

仲間意識があるからだ。捨てられた者だという。

これは千代子さんに対してもそうだった。千代子さんは二度、母に逃げられている。高校を卒業したあと。それからあの駆け落ち。

養子に迎えた娘に二度も背かれるというのは、どんな気持ちだろう。それを思うと、千代子さんの背中が妙に小さく縮んで見えて、彼女に反抗するのがとても悪いことに思えてくる。ときおり顔を出す千代子さんへの反発心は、行き場をなくしてしぼんでしまう。

喜夫おじさんが指定してきた喫茶店は駅前にあった。わたしの足取りは重い。ドアを開けると、狭い店内の奥の席にいるおじさんが軽く手をあげた。

「なに頼む？　昼前だけど、ケーキでも食べるか？」

「おじさんが食べたいんでしょ。いいよ、好きなの頼んで」

「じゃあ、カスタードプリンとドーナツにしよう。飲み物はホットコーヒーでいいか？」

おじさんはぱぱっと決めて、注文する。だいたいおじさんは迷いがない。

運ばれてきたプリンは上に生クリームとさくらんぼがのっていて、ドーナツにはシナモンシュガーがまぶしてあった。コーヒーとシナモンのいいにおいがただよう。おじさんはプリンの器を自分のほうに引き寄せ、ドーナツはふたつお皿にのっていたのでひとつずつということらしく、真ん中に置かれた。紙ナプキンを一枚とって、ドーナツを挟んで食べる。まぶされたシナモンシュガーが唇に貼りつき、ぱらぱらと下にこぼれる。しかし、おいしい。ドーナツ自体のほんのりとした甘さと、シナモンのきいた砂糖の甘さがちょうどよく合わさっている。正直、よっつくらい平気で食べられると思う。昼ご飯が食べられなくなるだろうが。

「見つかりそうか?」

具体的な言葉ははぶいて、でも率直に、おじさんは訊いてくる。

「うーん……蔵に隠されてたらお手上げかなって気がする」

ぼそぼそと答えを返す。

「前にさがしものをしてたとき、千代子さんに見つかって、叱られた」

「ばれたのか?」

「ううん、それは別件のさがしものだったから……でも、千代子さんはいやがってた」

「さがされると困るものがあるんだな。——別件ってなんだ?」

「それは、べつに……」

おじさんはあいまいな言を嫌うので、口ごもるわたしに「なんだ」と急かした。しぶしぶ、「ちょっと、お母さんの高校の卒業アルバムを見たいと思ってさがしてた」と答える。お母さんの写真を見たかったわけじゃないから、とつづけようとして、やめた。かえって母にこだわっているみたいだ。

「ははあ、千代子おばさんはそれに腹を立てたんじゃないか？　母恋しくなったのかと思って」

「それは……ないんじゃない？　わたしがべつにお母さんを恋しがってないこと、千代子さんはわかってるよ」

「どうだかなあ」

と、おじさんが笑ったのは、わたしが母を恋しがってないということに対してか、それを千代子さんがわかっているということに対してか、どちらだろう。

「千代子おばさんはさ、おまえだけは味方にしときたいんだよ。景子には逃げられたからさ。ま、いつか逃げるとは思ってたけどな。どう考えてもそりが合わないふたりなんだから」

おじさんはプリンをあっというまに平らげてしまった。ドーナツも三口くらいでなくってしまう。

「おまえは知らないだろうけど、景子を養子に出すときにも揉めたしなあ。千代子おばさんは俺のすぐ下の弟がよかったんだよ。家を継がせるんだから、男がいいって。でも、それは俺の両親もいやがってさ。景子ならいいのかって話だけど。まあ、なんていうか……景子はませてたというか、口達者なとこが生意気に見えて大人受けが悪かったんだよな」

めずらしくおじさんは歯切れが悪い。

「景子は自分が持て余されて養子に選ばれたことを、よくわかってたよ。千代子おばさんの側でもしぶってたってことも。そんなだから、うまくいきっこないさ。千代子おばさんのしつけは厳しかったしなあ。それはおまえも身に染みて知ってるだろ」

わたしは黙ってコーヒーをすすった。母の話は聞きたくない。

「ま、でも、おまえはあの千代子おばさんとそれなりにうまくやっていけてるほうだと思うぞ。親父《おやじ》もあのひとは苦手にしてたし、祖父《じい》さん祖母《ばあ》さんとも折り合いが悪かったみたいだし。親父は自分が捨てた家のあとを継いでくれたっていう、負い目もあったのかもな」

「祖父さん祖母さん……千代子さんの両親？」

おじさんはうなずく。

「俺もよくは知らないんだけどな。親父の口ぶりじゃ、千代子おばさんは両親に対して冷ややかに見てるところがあったみたいだな。千代子おばさんが教職に就こうとしたときに大反対されたからかな。両親は結婚させようとしたけど、どんなに縁談をすすめても千代子おばさんは頑として受け付けなかったって。ずっと仕事ひとすじで、未婚を通した。あの時代に、めずらしい。なんでだろうな」

めずらしくはあるのだろうが、千代子さんらしいとは思う。わたしが物心ついたころには千代子さんはすでに退職していたので、教師姿の彼女を知らないが。

「千代子おばさんは、こうと決めたらてこでも動かない。だから、あの家のことでもさ、自分で決めたことがあったら、俺たちがどう説得しようとしたって翻意はしない。たとえば、家屋敷を寄付するとかな」

おじさんは身をのりだし、声をひそめた。

「寄付って……市とかに？」

「あるとしたら市だろうな。そうなったら、おまえもあの家を出てかなきゃいけなくなるぞ」

「……それはべつに……」最初から継ぐ気もないのだから。

「遺産がなくなるだろうが。金はないよりあったほうがいい。いいか、千代子おばさんがおまえに家を継がせるつもりなら、それでいい。でも寄付するなんて考えてるなら、こっちはこっちで対策を講じなくちゃならん。それには千代子おばさんがどう考えているのか、知る必要があるだろ。こっそりとな」

「……はあ……」

「なにも千代子おばさんを家から追い出すわけでもなけりゃ、財産を巻き上げるわけでもないぞ。千代子おばさんが死んだあとの話だからな。つまりはおまえの話だ」

わたしのやる気の薄さを見てとって、おじさんは言を重ねる。

「おまえはまだ金だの土地だのなんて話はわからんと思うが、それでもきちんと考えないとだめだぞ。困るのはおまえなんだからな。ぼんやりしてると路頭に迷うぞ。わかってるのか？」

いつになく長々と語るおじさんは、わたしにやる気を出させたいわけではない。むしろ、げんなりさせたいのだ。ほうら面倒だろう、自分で考えたくないだろう、と。遺言書の内容と土地の権利書の保管場所を把握したら、あとはおじさんにぜんぶ任せて忘れたい。そう思っていてほしいのだろう。おじさんが言葉を連ねれば連ねるほど、そんな思惑が底のほうからしみ出してくる。

「――おじさん、あのひとって、おじさんの知り合い？」

わたしはそばにある窓の向こうを視線で示した。路地の角に手持《て　も》ち無沙汰《ぶ　さ　た》な様子の女性が立っていて、ときおりこちらをちらちらと見ている。さきほどから気になっていた。三十代くらいの女性だろうか。よく言えば清楚《せい　そ》な、悪く言えば地味な感じの女性だった。

おじさんは、目に見えてうろたえた。

「んっ？　んん、ああ、あれだよ、仕事関係のひとでな」

「今日の用事って、あのひとに会うため？」

「ああ、うん、仕事の話があってな」

「じゃあ、待たせたら悪いよね」

「ああ、うん、そうだな」

「おじさん、けっこう頻繁にこっちに来てるって聞いたけど、あのひととの仕事で？」

前に百合丘さんが教えてくれたことである。おじさんは口を半開きにして、瞳をうろうろとさまよわせた。

「うん……まあ、うん、いや、それだけじゃないけどな、ほかにもいろいろ」

「おばさんには黙っておいたほうがいいんだよね？」

おじさんは、んむ、とうなるような声を喉から洩らして、おしぼりで額をぬぐった。

「まあ、そうだな。仕事だから、まあ、あれだけど、言うことでもないからな」

「そうだね」

冷ややかな声が出てしまったが、おじさんはうわの空で聞いていない。腰をあげると、おじさんははっとしたように、「言いたいこと、わかったか？　ちゃんとさがすんだぞ」と言った。

「努力はしてみる」とわたしは答えた。このときには、さがそうという気は失われていた。おじさんは、愛人がいるから金がかかるのだろう。

足早に帰宅する。おじさんのことは頭から追い払い、お昼ご飯はなにを作ろうかと考えていた。千代子さんは病院からの帰りがちょうどお昼どきになるので、わたしと仁木くんで作らねばならない。なにがいいだろう。冷蔵庫になにがあったっけ……。

玄関を開けると、冷えた土間に迎えられる。やはりこの家は冬が近くなるとぐんと寒さを増す。寒いというか、冷たい。冷えびえとした空気が足もとにわだかまっている感じ。

仁木くんとお昼の献立を相談しようと、大座敷に向かう。が、襖を開け放した座敷のなかに彼はいなかった。自分の部屋だろうか。母屋とわたしたちの部屋のある棟は木戸一枚でつながっている。縁側を進んでその戸を開けると、すぐ左手の座敷が彼の部屋だった。

「仁木くん」

声をかけたが、返事はない。出かけているのだろうか。と思ったら、廊下を挟んだ反対側の襖が開いた。

「おかえり、茜ちゃん」

ただいま、と返すのを忘れて、彼の顔を眺める。彼が出てきたのは、千代子さんの部屋だった。

「どうしたの、そんなとこで」

「いや、はさみをさがしてるんだけど、見つからないから千代子さんとこから借りようかと」

「はさみ……？　そんなの、居間の箪笥の抽斗にあるでしょ」

「何段目だっけ？」

「右端のいちばん上」

「そっか。そこもさがしたと思ったんだけどなあ」

仁木くんは頭をかきながら母屋に戻ってゆく。ここで暮らして半年以上。はさみの置き場所なんて、よく知っているだろうに。さがすのが下手だからか。と思って、そういえば前にも似たようなことがあったのを思い出す。お盆のときだ。カメラをさがしていたと言って……。

あのときも、彼はこちらの方向からやってきたのだった。ほんとうに、自分の部屋でカメラをさがしていたのだろうか。

ひっそりとした疑念がわいてくる。とても小さな疑念だ。けれど冷えた空気のように下のほうでわだかまり、足もとが冷たくなってくる。

「茜ちゃん、お昼、卵とじうどんってどう?」

台所のほうから仁木くんの声が響いて、とりあえず疑問を胸のうちにしまったわたしは、そちらに足を向けた。

昔から九重家とつきあいがあるという魚屋さんに千代子さんが頼んでくれていたそうで、一尾まるごとの鯛が届けられた。ついでに鯛の刺身もだ。

千代子さんは「わたしもひさしぶりだけど」といくらかためらいつつ、鯛に包丁を入れていた。鱗《うろこ》と内臓の処理は魚屋さんがやってくれている。背びれの下に切れ目を入れて、金串を二本、縫うように刺す。ひさしぶりと言いつつ手際がいい。手が覚えているということだろうか。

千代子さんは腹びれにある太い骨を一本、引き抜く。それを背びれの根もとにさしこんだ。

「なにそれ。なにかの儀式?」

と訊くと、千代子さんはあきれ顔を見せた。

「そんなわけないでしょう。こうやって背びれを立たせるのよ。見栄えがいいでしょう」

「ああ、なるほど」

串を刺して形を整えるのといっしょか、とうなずくいっぽうで、わたしは牡蠣を塩水につけて洗っていた。こちらはスーパーで買ってきたむき身である。これは味噌汁に入れる。赤味噌ではなく、白味噌だ。仁木くんは鱠に使う早生《わせ》のみかんの皮をむいていた。

千代子さんは尾びれと背びれに粗塩をすりこんでいる。「化粧塩よ」と言う。全体にも塩をふって、いよいよ焼きにかかる。グリルか網で焼くのかと思いきや、千代子さんは外の手洗い場近くからレンガをふたつ持ってきてコンロの両端に乗せ、そこに鯛を刺した金串を置いた。

「そうやって焼くんだ」

「火が近いと焦げるのよ」

千代子さんは火の番を仁木くんに任せて、ほかの料理にとりかかる。ぼんやりと鯛を眺めている仁木くんの横顔を、わたしはちらりと見あげた。

「どうかした？」

仁木くんが顔をこちらに向ける。「ううん」とわたしは首をふった。彼のその顔に、なにかしら嘘をついているような薄暗さは見あたらない。

窓からふりそそぐ陽が橙色《だいだいいろ》を帯びてきたと思っていたら、すぐにあたりの色はすみれ色に沈んでいった。土間の隅の陰が濃い。わたしたちは朱漆塗りの膳に料理を盛った器をのせて、大座敷に運ぶ。器も黒漆に蒔絵《まきえ》で鶴や亀《かめ》をあしらった豪華なもので、質素倹約が家訓とはいえ、神様には金を惜しまなかったと見える。焼き鯛は笹《ささ》の葉を敷いた肴台にのせられた。床の間の前に恵比寿様へのお供えが出揃《でそろ》う。なかなか壮観だった。写真を撮る仁木くんも嬉々としていた。

恵比寿様の像を祀った台の上に千代子さんが香炉を据えて、線香をたく。その香りが細い煙とともにただようと、夜気の冷えがいっそう肌にしみてくるようだった。

台所に戻り、自分たちの食事の準備をする。鯛の刺身や牡蠣の味噌汁、半平と青海苔の葛あんがけなどがテーブルに並ぶ。味噌汁には豆腐も入っていて、色合いが白一色なのが美しい。口をつけると、牡蠣の出汁がまろやかな白味噌と思いのほかよく馴染んでいた。とろりとした牡蠣が甘い。

「今夜はけっこう冷えるね」

牡蠣をおいしそうに頰張りつつ、仁木くんは言う。

「そうだね」とだけわたしは言って、ふたたび味噌汁をすする。

千代子さんは黙々と箸をすすめていた。

足もとが冷える。牡蠣のうまみと味噌汁のぬくもりが体に染みわたってくるけれど、足首のあたりの寒さはいつまでもなくならなくて、わたしはテーブルの下で足をこすりあわせていた。

第五章

冬茜《ふゆあかね》とクリームシチュー

遠くに見える山々が、あでやかに色づきはじめた。黄と紅と緑が入り混じっているさまが、豪華な絨毯《じゅうたん》みたいだ。

「そろそろ鍋がおいしい時季だよね」

ジャケットのポケットに手を突っ込んで、仁木くんは山を眺めている。

「まだもうちょっとさきじゃない？」

言いつつ、わたしは水筒からあたたかいほうじ茶をコップにそそいで飲む。

城址公園のベンチに腰かけるわたしと仁木くんのあいだには、おでんの皿がある。休日になると公園の売店でおでんやら甘酒やらが売られていて、おでんを食べたいという仁木くんになかば無理やりつれてこられたのである。ひとりで来ればいいのに。子供か。

十一月も中旬を過ぎると、さすがに寒い。冬本番の寒さではないけれど、風が強い日などは凍える。幸い、今日は風もなく、天気もよくて小春日和《こはるびより》である。いまの時季はとくに見るものもない公園だが、散歩している老人や子供を遊ばせている家族連れがちらほらといた。

「鍋ってなにが好き? 俺はキムチ鍋」

「わたしはとくにこれといって……ふつうに寄せ鍋かな」

「鶏肉とか鱈《たら》とか白菜とかいろいろ入ってるやつ?」

「そう。あれこれ入ってるのがいい」

「ははあ、なるほど」

どうでもいい話をしながらおでんを食べる。よく出汁のしみた大根に、しらたきに、ちくわ、玉子。どれもあつあつだ。

「卒論、できてるの?」

「今日は卒論のことを忘れたい」

追い込みの時期なので、仁木くんはお疲れだ。昨夜も遅くまで起きていたようだった。しかし疲れているのはそのせいだけなのか、どうか。

「……仁木くんてさ」

言いかけたとき、

「あれ、九重さん」

耳慣れた声がした。ふり返ると、百合丘さんがおでんの皿を手に立っている。

「九重さんもおでん?」

ストールを肩にはおり、ベージュのニットにジーンズという、職場で見るよりラフな格好の百合丘さんは、職場ではないからか、表情もいくぶんやわらかく思えた。

百合丘さんはちらりと仁木くんのほうを見た。仁木くんが愛想よく「どうも」と会釈をして、「知り合い？」とわたしに訊いてくる。職場の先輩の百合丘さん、とわたしは答えた。百合丘さんには、「前にも言ってた、同居人の──」と紹介しかけて、はたとどまる。「名前なんだっけ」仁木くんはいま仁木くんではないのだった。ずっと仁木くんと呼んでいるので、うっかり忘れてしまった。

「なにそれ」と百合丘さんが目を丸くしている。「同居人なのに名前知らないの？」

「いえ、べつの名前で呼んでるから、本名を忘れてしまって」

「十日市です」

仁木くんは笑いをこらえていた。

「茜ちゃんはさあ、ときどきすこんと抜けてるとこあるよね」

「とおかいち、ってなんか長くて呼びにくいし……」

ぶつぶつ言い訳する。しかし、彼が嫌っている父親の姓で呼びつづけるというのも、よくないのだろうか。ふと思った。気にしすぎだろうか。

仁木くんは場所をつめ、「どうぞ」と百合丘さんを招く。百合丘さんはそこに座った。

「寒くなってくると、おでんが食べたくなるのよね」

大根を割って味噌だれをつけながら、百合丘さんは言う。「でも、自分で作るのはおっくうだし。それにこういうとこのほうが、味がしみてておいしいじゃない？」

うんうんと仁木くんがうなずいている。「大根とか、とくにそうですよね」彼のこの誰にでもすぐ馴染めるところがうらやましい。

「味噌だれ作るのも面倒だし」

「え、これって味噌そのままじゃないんですか」

「田楽の味噌だれといっしょだよ。春に作ったでしょ」とわたしは口を挟む。

「ああ、そっか。あれか」

「おでんに味噌だれって、ほかの地方じゃつけないんだっけ」

百合丘さんが言って、仁木くんが答える。

「ほかの地方でもつけるところもありますけど、少数派ですね」

「このへんは味噌大好きだもんねえ」

「味噌文化ですよね。紀州藩の飛び地だったのに、その影響がまったくといっていいほどないのがおもしろいなあと俺なんかは思うんですが」

「このあたりじゃ、紀州藩領だったことさえ知らないひとのほうが多いわよ。城と町を造った初代城主のほうが有名だから」

わたしは『知らないひと』のうちのひとりである。初代城主は知っている。その名を冠した祭が毎年あるからだ。

「このへんの来歴はけっこうややこしい」と、仁木くんはわたしに向けて説明してくれた。

「城主が転封《てんぽう》されたり廃絶になったりで、長くつづかなかった。紀州藩の一部になって、ようやく落ち着いた感じ。そのまま明治まで紀州藩領だったんだ」

「へえ……」生まれ育ったところなのに、知らないものである。

「九重家の蔵に紀州藩の葵《あおい》紋が入った御用箱が残ってるよ。九重家はこの町の御為替組《おかわせぐみ》の惣代《そうだい》だったから」

「ふうん……?」生まれ育った町どころか、自分の家のこともろくに知らない。知らなくてよかったからだ。むしろ、知りたくない。自分のルーツを知ることは、母に近づくことでもあった。母を理解しようとは思わない。

「茜ちゃんは、つくづく自分の家のことを知らないね」

「興味ないから」

「興味を持つのが怖いんでしょう」

そう言ったのは、百合丘さんだった。百合丘さんはちくわをかじっている。

「あなたは母親に関することすべて、知りたくないのよね」

「……ええ、まあ……そうですけど」

わたしは皿のなかで冷めた玉子を箸でつつく。

「いけませんか」

われながら、硬い声になった。百合丘さんは笑う。

「いけなくないわよ。あなたのことはあなたが決めればいいんだから」

わたしは黙って玉子のかけらを口に入れた。百合丘さんの言葉に他意はないと思う。それでも頑なになってしまう自分がいやだった。どうしてこうなのだろう。

「……百合丘さんは、母のこと、好きでしたか？」

なぜこんなことを訊いてしまったのかわからない。百合丘さんは、すこし視線を上向けて考えているようだった。

「そうねえ。あなたには悪いけど、あたしはあのひと、けっこう好きだったわね」

百合丘さんはおでんを食べ終えると、さっさと帰っていった。

わたしは冷めた玉子を黙々と食べる。仁木くんはとっくにおでんを平らげ、「和牛コロッケってのも売ってる。食べようかな」などと言っている。まだ食べるのか。

仁木くんは売店に走ると、両手にひとつずつコロッケを持って戻ってきた。「はい」と渡される。

「こんなに食べたら、晩ご飯が食べられなくなりそう」

「まあそうなったら千代子さんに謝ろうよ」

「仁木くんはのんきだよね……」

しかし手にしたコロッケはあたたかく、いいにおいがする。誘惑に勝てず、かじりついた。衣はさっくりとして、なかはじゃがいもと牛肉だ。じゃがいもは粗くつぶされているのでごろっとしたかたまりがある。牛肉は甘辛い味付けがしてあった。それがじゃがいもとよく合う。あれだ、肉じゃがっぽい。

「意外とおいしいね」

「意外とって。わかるけど。こういうとこのって案外おいしかったりするんだよ」

子供のころよく食べた、お肉屋さんのコロッケとはまた違う味だった。あちらはもっとあっさりしている。料理をしない母が買ってきては、わたしに食べさせたコロッケである。母にまつわることでいい思い出なんててんでないが、あのコロッケはおいしかった。母がいなくなってから、食べたことはないが。

「茜ちゃんさ、さっき、あの先輩に違う訊きかたしたらよかったのに」

すでにコロッケも食べてしまった仁木くんは、紙包みを折りたたんでゴミ箱に捨てる。

「違う訊きかた？」

「お母さんじゃなくってさ、『わたしのことを好きか』って訊けばよかったんだよ」

「……そんなの、面と向かって訊くひといる？　というか、訊いてもしかたないでしょ」

「だったら、お母さんのことを好きかどうかも、訊いたってしかたないんじゃない？」

「…………」

そのとおりだ。だいたい、わたしだってなんで訊いたのかわからない。

「自信がないからだよ」

わたしの当惑を見透かしたように仁木くんは言った。

「自分が母親に勝ってるっていう自信がないからだよ」

黙って仁木くんをにらむ。仁木くんは平気な顔をしていた。わたしはうつむいてコロッケを見つめる。

百合丘さんに、母のことを嫌いだったと言ってもらいたかったのだろうか。そう言ってもらえば、ほっとしただろうか。さもしい。それがわたしを肯定することにはなりはしないのに。

母を好きだったかとは訊けても、わたしを好きかとは訊けない。仁木くんの言うとおり、自信がないからだ。わたしは好かれない。大学時代の友人たちがそうであったように。

「……仁木くんはなにをしたいの？」

彼の言うことはいちいち当たっているが、それだけにいらだちがつのる。とがった声を投げつけた。

「まんまとうちに乗り込んで、こそこそとなにやってるの？　気づいてないと思ってる？」

仁木くんは薄く微笑を浮かべたままで、表情を変えなかった。

「茜ちゃんが困るようなことはなにもしてないよ。さがしものの邪魔もしないし」

ぎくりとしたのはこちらのほうだった。

「わたしは――」

「それに、疑うなら俺じゃなくて、千代子さんじゃない？」

「え？」

どういう意味だ。

「そろそろ帰ろっか」

問いただす前に、仁木くんは腰をあげた。

「ちょっと！」

まだ食べ終えていないコロッケを手に、わたしはあとを追った。


十一月は、神様のお祭の月だ。

二十三日は山の神様を祀る日、二十五日はお稲荷さん。お稲荷さんの祭典は、二月にも同様にある。

山の神様は、庭の祠《ほこら》に祀られている。昔はちゃんと神社に祀られていたそうだ。

「昔はねえ、子供たちが朝から太鼓をたたいて、歌を歌いながら、町内を練り歩いたものよ。いまは子供がすくなくなってねえ、そんなのもなくなったけど」

千代子さんは懐かしそうに言っていた。祠にはお神酒や洗った米、野菜や卵といったものが供えられる。仁木くんが言うには、「山の神様の祭は子供中心なんだ。豊穣《ほうじょう》の神様が子供の神様になったのも、おもしろい変遷だよね」ということだった。

二日後の稲荷社の祭も、やることは似ていた。庭にある社にお神酒や洗米、鏡餅、魚などを供える。おなじ日にやれば面倒がないのに、と思うが、神様の祭はそうもいかない。おとといが祝日で、今日が日曜なのでどちらも行えるが、平日だったらとても無理だ。

蔵から社にかける五色の幕や提灯を運び出す。提灯は三種類あった。社のなかに下げるもの、扉の外に下げるもの、庇《ひさし》に下げるもの。それぞれ柄が違う。

「こういうのをちゃんと保存してあるんだから、すごいよ」

仁木くんは感心していた。

ふたりがかりで社に幕をかけ、提灯をつるす。小さな社ではあるが、立派な鳥居もある。よく会社の屋上なんかにある稲荷社に似ている。庭はだだっ広く、杉や松の古木が生い茂り、池さえあった。昔は茶室もあったそうだ。

三宝にお供え物をのせて、社を出る。仁木くんは写真を撮っていた。そのうしろ姿を眺めながら、先日、彼が言ったことを考えていた。

――疑うなら俺じゃなくて、千代子さんじゃない？

ほんとうに、いやなひとだなと思う。千代子さんの挙動には、いくらか疑念を覚えないではない。どこか妙だ。

仁木くんも千代子さんも、いったいなにを隠しているのか。だが、それを言うならわたしだって、おじさんに頼まれたことを隠している。もはや遂行する気は失われているが。

風が吹いて、五色の幕をはためかせる。首筋を空風に撫でられて、寒さに身をすくめた。乾燥で頬がぴりぴりする。写真撮影に熱中している仁木くんをほうっておいて、わたしは家のなかに戻った。

台所からご飯の炊けるいいにおいがする。炊いているのは、小豆飯だ。これもお稲荷さんに供える。もち米をせいろで蒸す赤飯と違い、ふつうのお米にゆでた小豆を加えて炊飯器で炊く。赤飯より楽ちんだ。

においをかぐと、お腹がぐうと鳴る。台所では千代子さんがお昼ご飯を作っていた。手伝おうか迷って、やめる。土間から座敷にあがり、廊下を進んだ。木戸を開けて母屋を抜ける。廊下を入ってすぐの部屋の襖をそっと開いた。千代子さんの部屋だ。八畳の座敷に、簞笥や文机《ふづくえ》、信楽《しがらき》の花器を飾った茶棚が置かれている。ちりひとつなさそうな、整然とした部屋だった。

わたしは一度木戸のほうをふり返り、ひとが来そうな気配がないのを確認して、部屋に入った。

部屋をぐるりと見回す。ものがすくない部屋だ。出しっぱなしにされているものなどひとつもない。千代子さんの部屋は昔からそうだった。

簞笥のほうへと足を向ける。千代子さんは細々としたものはだいたい、簞笥の上段に入れていた。はさみとか、ものさしとか、鍵《かぎ》とか、手紙とか。わたしは以前、千代子さんが隠すように袂に入れた封書が気になっていた。あのあと、千代子さんは妙に機嫌がよかった。

静かに抽斗のなかをさがしてみたが、手紙は輪ゴムでひとまとめにしてあったものの、あのとき目にした封書は見あたらない。すこし考えて、押し入れの襖を開けた。上段には布団、下段の右には夏着物を収めた簞笥、左には段ボール箱が並んでいる。膝をついて、段ボール箱のうしろをのぞきこんでみる。暗くてよく見えない。頭を引っ込めると、上段の布団の下に敷いたすのこが目に入った。すのこの下になにかある。簞笥の抽斗からものさしを持ってきて、すのこの下に突っ込んで引き寄せた。手紙の束《たば》だ。すべてコンビニで売っているような白封筒で、雑な字でここの住所と千代子さんの名が記されている。ひっくり返して差出人の名を確認した。

「茜――」

遠くで呼ぶ声がする。千代子さんがおそらく土間から呼んでいる。あわてて手紙の束から一通を引き抜くと、ジーンズのポケットに入れて、残りはもとの場所に戻した。部屋を出て、母屋とつながる木戸を開ける。

「呼んだ?」

つとめて動揺を抑えて声を投げかけたが、すこしうわずっていた。

「ご飯だって言ってるでしょう」

という、不機嫌な千代子さんの声が返ってきた。

「すぐ行く」と答えて二階にあがり、ポケットに突っ込んだ手紙を机の抽斗にしまって、急いで台所に向かった。

「なにしてたの、手伝いもしないで」

千代子さんはかりかりと怒っている。これまで手伝いを嫌って台所に寄せつけなかったひとが、手伝わないと言って怒るとは。

黙って皿に盛られた料理を食堂へ運ぶ。鯖《さば》の塩焼きに、南瓜の直煮《じかに》、半平、小豆飯、青海苔の味噌汁。仁木くんは箸を並べていた。青海苔のいい香りがする。席について箸をとった。

鯖は脂がのっていて、南瓜はほっくりと甘い。小豆飯は赤飯のようにもちもちしておらず、さっぱりしている。おいしい、と感じるいっぽうで、頭のなかではさきほどの手紙のことが浮かんでいっこうに消えない。

あの字。差出人の名前。どうしてあんな手紙が千代子さんのもとに届いているのだろう。それも、あれだけの量。さがせばもっとあるのかもしれない。

ご飯の味がだんだん、わからなくなってきた。口のなかに押しこみ、味噌汁で流しこむ。なんとか食事を終えて、あとかたづけをする。

「俺がやっとくよ。茜ちゃん、体調悪いんじゃない？　顔色悪いよ。食事中もうわの空だったし」

休んでなよ、と仁木くんに気遣われて、ありがたく従うことにする。いま洗い物などしたら、食器を割ってしまいそうだった。

二階の部屋に戻り、座りこむ。息を吐いて、のろのろと腰をあげると、机にしまった手紙をとりだした。差出人の名前は、やはり母だ。九重景子。この雑な字。けして下手なわけではないのだが、乱雑としかいいようのない字を書く。怒ったような字だ。

なかには便箋《びんせん》が一枚入っていた。これもコンビニで売っているたぐいの飾り気のない便箋だった。書かれている文章はさして長くない。

千代子さん、元気？　季節の変わり目で私は風邪ひいちゃった。寒くなってくると千代子さんの卵酒が飲みたくなってくるなあ。千代子さんも体に気をつけてね。

これだけだった。とくになんの用件もないような、意味のない文面だ。およそ母らしくない。妙に媚びるような、うすら寒いものを感じる。違和感と嫌悪感が混じり合う。なんだろう、この手紙は。

ふたたび封筒を見る。消印は今年の九月二十日。彼岸のころだ。千代子さんが袂に隠した、あの手紙か。

封筒を裏向ける。母の名前の隣に、《大阪　上本町《うえほんまち》四丁目》とだけ、住所が書かれていた。母は、いま、大阪に住んでいるのか。

胃の底のほうからゆっくりと、冷たい水がしみてくるような気がした。手足が冷えて体が重い。

手紙を引き裂いて踏みつけてやりたくなる。だが、違う。いまやらねばならないのは、そういうことじゃない。息が浅くなって、苦しい。握りつぶすように手紙をつかんで、部屋を走り出た。

足音も荒く階段を駆けおりてきたわたしに、千代子さんが部屋から顔をのぞかせた。眉をひそめている。

「なんて乱暴な――」

「これなに？」

千代子さんの眼前に、手紙をつきつけた。千代子さんはわずかに口を開くと、そのま
ま、表情をなくした。

「千代子さん、ねえ、これってどういうことなの」

そうなじると、千代子さんはわれに返ったようにわたしをにらんだ。

「どうしてあんたがこれを持ってるの」

「袂に隠してたでしょ。なにかあると思うじゃない」

「ひとの手紙をこっそり持ち出して読むなんて、あんたは」

「わたしのお母さんじゃないの！」

自分でも予期していなかった、悲鳴じみた声がこぼれた。

「いなくなって、どこへ行ったんだかわからなくて、千代子さんもそれはおなじだと思っ
てたのに。なんなの、なんでこんな手紙が来てるの。ずっと知ってたの？　お母さんがど
こにいるか、どうしてるか、ずっと知っててわたしには隠してたの？　ふざけないで
よ！」

冷えきっていた腹のなかから、今度は逆に煮えたぎったかたまりが湧いて出てくる。熱
くて喉が焼けそうだ。嘔吐《おうと》したあとに似ている。

千代子さんの顔は青ざめていた。目をみはり、唇を引き結んでいる。

「……景子が、あんたには言わないでくれって、手紙に書いてたのよ。もしばらしたら手紙はもう寄越さないって……」

顔を背け、千代子さんはか細い声で言った。

「いつから?」

「五年くらい前かしら」

そんなに前から。

「定期的に来るわけじゃないのよ。一年くらい音沙汰ないときもあれば、三月《みつき》にいっぺんのこともあったわ」

「……どうして手紙なんか」

千代子さんは口ごもる。千代子さん、とうながすと、おっくうそうに口を開いた。

「お金よ」

「え?」

「お金をいくらか都合してくれないかって、頼んできたのよ。何度目かの手紙で。それからは、はっきりとは書いてこないけど、手紙を寄越すときはお金が欲しいときみたいだから……」

手紙が来るたび、母の口座にお金を振り込んでいるという。わたしは啞然としていた。だから母の手紙の文面は、あんなに媚びた感じがしたのか。お金が欲しいだなんてひとことも書いていない。千代子さんを懐かしがり、気遣う文面だった。

首筋をなまあたたかい舌で舐められたような、いやらしい悪寒がした。吐き気がする。

「馬鹿じゃないの」

声が震えた。

「手紙ひとつでほいほいお金を……、ひとを舐めるにもほどがあるじゃない、そんなの」

「だって、ほうってはおけないじゃないの。わたしがだめなら、ほかのひとに頼むかもしれないでしょう。ひとさまに迷惑はかけられないわ」

「だったら、さっさと連れ戻せばいいじゃない」

「訪ねてきたりしたら、引っ越して二度と手紙も出さないって書いてあるんだもの。住所も不完全だから、こっちからは手紙さえ出せないし」

千代子さんは、すねたように言う。わたしはさっきから吐き気がして、立っているのもやっとだった。なんなんだ。わたしたちはいったい、なんの話をしているのだろう。駆け落ちした母が生きていて、千代子さんに金の無心をしている。千代子さんはそれを突っぱねるどころか、すすんで与えている。

それが唯一のつながりだからだ。手放したくないからだ。

わたしよりも。

「……あんたに黙ってたのは悪いけど、連絡をとりあってたわけじゃあないんだから。一方的に向こうから手紙を寄越すだけで」

千代子さんは言い訳する。ふだんのしゃんとした口調は消え、だだをこねる子供のようだった。

「そういう問題じゃないのは、千代子さんもよくわかってるでしょ」

冷ややかに吐き捨てると、千代子さんはむっと眉間に皺をよせた。

「あんたはねえ、情ってものがない。いくら家を捨てて出ていったからって、子供が困ってたらなんとかしてやりたくなるじゃないの。それにね、あんたはえらそうにひとを責められる立場かしらね」

まとわりつくような、いやな言いかただった。わたしは千代子さんの顔を眺める。千代子さんの瞳には刺すような敵意があった。

「喜夫になにか頼まれてるんでしょう、就職と引き換えに。そうでなかったら、あんたはここに戻ってこなかったわ。わたしのことなんて、見捨てるつもりだったんでしょう。なにを頼まれたの？ 遺言書の隠し場所？ こそこそとさがしまわってるのは知ってるんですからね」

ぐっと奥歯を嚙《か》んだ。それとこれとは、別問題のはずだ。話をすり替えている。でも、もはや反論する気力は失われていた。まっくらな気持ちだけが、胸のなかで荒々しく渦巻いている。渦巻いて吹きすさび、どんどんふくらんでゆく。はち切れそうになっている。こらえきれずに口を開いたとき、声が割って入った。

「落ち着きなよ、ふたりとも」

木戸のところに仁木くんがいた。洗い物をしていたからか、袖をまくりあげている。

「大きな声がすると思ったら……。お茶でも飲んで、ひと息つきなよ。こういうときは、言わなくていいことまで言っちゃうもんだからさ」

ね、とわたしと千代子さんの顔を順番に見る。

「俺、お茶淹れてくるから」

「いらない」

言い捨て、わたしは背を向ける。階段をあがって部屋に戻った。手紙を握りしめたままだったことに、そのとき気づいた。それを机にほうりだし、座りこむ。頭のなかがぐちゃぐちゃで、でも整理してしまったら取り返しのつかないことになりそうだった。考えたくない。じっとしていたくない。

立ちあがり、襖を開けた。目の前に向かいの六畳間の襖がある。

そこで母の卒業アルバムを見ていたら、千代子さんはすごくいやがっていた。なにをさがしていたの、と。さがす行為自体をいやがっていたのか、それともその部屋をさがされるのをいやがったのか。

足音をしのばせて六畳間に入り、押し入れを開ける。母の手紙はすのこの下に隠してあった。客用布団の下をのぞきこむ。なにもない。さすがにおなじようなところを隠し場所にはしないか。膝をついて、下段の奥に頭を突っ込んだ。段ボール箱ばかりで、そのうしろは暗くてよく見えない。頭を引っ込めようとして、ふと下段の天井が目に入る。あっ、と思わず声をあげるところだった。押し入れの上下段のあいだにある板には桟と框《かまち》がついていたので、くぼみがある。そこに大判の封筒がガムテープで貼りつけてあった。

声を呑み込み、封筒が破れないよう、慎重に剝《は》がす。封筒は紐《ひも》で封をしてある。それを外してなかを確認すると、入っていたのは土地の権利書と封書だった。封書には《遺言書》と筆で記されている。千代子さんの字だ。薄紫のきれいな和紙の封筒だった。きっちりのりで封がされているが、端からそっと開けてみる。ぺり、と案外、楽に剝がれた。なかには便箋が一枚。万年筆で書かれた、流れるような美しい文字が並んでいる。千代子さんの署名が最後にあった。

遺言者九重千代子はつぎのとおり遺言する。
遺言者は、遺言者の所有する以下の不動産、預貯金等を含む一切の財産を、九重景子に相続させる。

つづきには不動産と預貯金の詳細が書かれていた。九重家の持つ財産すべてである。書かれた日付は今年の正月だ。

息苦しくなって、畳に手をついた。背を丸めて息を吐く。うまく息が吐けないし、吸えなかった。何度見ても遺言書の文面は変わらない。九重景子の文字。

母に。どうして母に。男と駆け落ちしてこの家を捨てたあげく、金の無心をしてくるような母に。

わたしの名前がないのはべつにかまわない。千代子さんになにひとつ孝行などしていないのだから。でも、なぜ母なのだ。こんなもの遺《のこ》したところで、母はきっと戻ってはこない。それなのに、なぜ。

あんな母でも、わたしよりいいのか。『子供が困ってたらなんとかしてやりたくなるじゃないの』──じゃあ、わたしは。

わたしはいったい、なんなのだろう。子供を捨てた母にも劣《おと》るわたしは。

視界が暗い。気づくと畳に突っ伏していた。

「茜ちゃん」

仁木くんの声が上から降ってくる。いつのまにいたのだろう。

「お母さんから来た手紙って、持ってる?」

なぜそんなことを訊くのだろう。よくわからなかったが、のろのろと身を起こし、黙って自分の部屋のほうを指さした。仁木くんは机に置いてあった手紙を手に、戻ってくる。

仁木くんは封筒を眺めて、

「茜ちゃん、大阪に行こう」

と言った。

突拍子もない提案に、返事ができない。いきなりなんだ。

「なんで?」

「なんでって、会いに行くに決まってるだろ。せっかく手がかりがつかめたんだから」

仁木くんは手紙を振る。

「手がかりって……それ、住所が中途半端でしょ」

《大阪　上本町四丁目》。上本町はわかる。最寄り駅から大阪方面に出る特急の終着駅だからだ。行ったことはないが、大きな街なのだろう。

「何丁目かまでわかってたら、さがしだせる。かたっぱしから調べれば」

「かたっぱしからって……」

どれだけ労力がかかるか。そこまでして母をさがしだす理由がない。だが、仁木くんはやけに真剣な顔をしていた。どうして仁木くんがそこまでしようとするのだろう。

「わたしはべつに、さがしだしたいとは思わない」

「なんでだよ。文句のひとつも言いたくないの？　俺は言いたい。父親にね。このひとのとこには、俺の父親もいるかもしれない。もし、もういっしょにはいなくても、行方を知ってるかもしれない」

仁木くんの声音は、しゃべっているうちに燃え立つような鋭さを帯びてゆく。

「俺は父親をとっちめたいんだよ。不倫も最悪だけど、駆け落ちは最低だ。子供の養育を放棄してるんだから。養育費だって払ってないんだぞ。俺は父親をとっつかまえて、せめて成人までにもらうはずだった養育費を払わせてやる。そうでなきゃ、やってられない。落とし前をつけさせる」

わたしは仁木くんの剣幕に気圧《けお》され、息を呑んだ。

「……もしかして、それをさぐってたの？　お母さんの居所を」

「そうだよ」あっさりと仁木くんは言った。「千代子さんは絶対に居所を知ってると思ってた。だからその証拠をさがそうと――もちろん、研究目的もあったけどさ」

最後はばつが悪そうに目をそらした。

「大阪まで、特急なら二時間くらいで着くよ。行こう、茜ちゃん」

仁木くんに肩を揺さぶられる。心も揺れた。落とし前。お母さんに。文句なら、山ほどある。

遺言書と土地の権利書を封筒に戻し、もとの位置に貼り直す。バッグとコートをかかえると、急かす仁木くんとともに、階段を駆けおりた。


勢いで電車に乗ってしまった。上本町行き特急。仁木くんと並んで座りながら、落ち着かない気分だった。窓から景色を眺める。延々とつづく田んぼも、水田の時季には美しいが、いまは味気ない。そのうち電車は山間《やまあい》に入り、紅葉と緑とに包まれる。仁木くんは電車に乗ってから、「窓際座りなよ」とすすめてきたくらいで、あとは無言で頬杖をついている。千代子さんには、「ちょっと出かけてくる」とだけ告げて、その顔も見ず返事も聞かずに家を出た。どう思っているだろう。

上本町四丁目。携帯電話をとりだし、地図を調べてみる。住宅地のようだ。駅が近い。

「……電車に乗ってから言うのもいまさらなんだけど……」

わたしが口を開くと、仁木くんが黙ったままこちらを向く。

「この住所が嘘の場合もあるよね」

というか、その可能性のほうが高い。母がほんとうの住所を書く必要などないのだから。

「嘘かほんとうか、ふたつにひとつだよ」

仁木くんはつまらなそうに言った。「そんなの考えたって、しかたない」

「……まあそうだけど」

なんだか不機嫌そうだな、と思った。いや、違うな。不機嫌なのではない。

「緊張してるの？」

仁木くんは眉をよせた。両手で顔を押さえて、息を吐く。

「そりゃあね」

そうか。緊張か。わたしもそうなのだろうか。こんなに落ち着かないのは。

「上本町って、大きな街だね」

携帯の画面を操作する。家が密集しているのがわかる。いったいどれだけのひとが暮らしているのか。ここから母を見つけだすなんてことが、できるのか。考えるほどに、無理だろうという気がしてくる。

「こんなところから、見つかるのかな」

つぶやくと、

「茜ちゃんは、見つからないほうがいいと思ってるんだね」

仁木くんはすこし笑う。「怖いんだ、会うのが」

怖い？　そうなのだろうか。でも、仁木くんのように『見つけてやる』という気持ちになっていないのは、事実だった。

なんだろう。文句を言いたくはある。でも、尻込みしている自分がいることに、気づいている。会うのがいいのか、悪いのか。わからない……。

電車に乗っているあいだの二時間は、ひどく長く感じた。見つけたいという気持ちと、会いたくないという気持ちがない交ぜになって、お腹のあたりが重い。

何度か山中のトンネルを抜けて、視界が開けると、ぎっしりと隙間なく家屋の並んだ街が見えてくる。ああ、都会だなと思った。大阪の街だ。

上本町駅に着く。電車を降りて北側の出入り口から外に出ると、大きな交差点だった。妙に窮屈に感じるのは、高いビルに囲まれているからだ。地元では景観条例で高さ制限があり、こんな高いビルはない。空気をさわさわと揺らすような喧噪《けんそう》に立ちすくむ。田舎に生まれ育った身には、こういう街なかのざわめきが肌に馴染まない。ひとが多い。音が多い。

「行こうか」

仁木くんにうながされ、道を北方向に進む。四丁目は上本町のなかでも区画が小さいらしく、そのうえ広々とした寺が複数ある。なのでさがす範囲は狭い、そうだ。それでもマンションだってあるし、かたっぱしから調べるとなると、そうとうたいへんだと思うが。

仁木くんは黙りがちで、わたしもおしゃべりなどする余裕はない。歩いているうち、寺らしき建物の屋根がちらほらと見えてくる。携帯電話の地図で確認すると、どうやらあのあたりが四丁目のようだ。息があがってきたのは、歩いているからではない。鼓動が速まっている。ビルの影が歩道に落ち、視界が暗くなった。その影から出ると、今度は陽ざしの明るさに目がくらむ。思わず立ち止まり、目を細めた。立ち止まってしまったら、足が動かなくなった。やわらかな陽ざしのなかで、わたしはしゃがみこむ。

「どうした？」

仁木くんが駆けよってくる。「気分悪い？　ちょっと休もうか」

わたしは首をふった。

「ごめん、仁木くん。わたしは行けない」

仁木くんは一瞬、間を置いて、「どうして？」と声を落とした。

「怖い？」

「違う。言い訳を聞きたくないから」

めまいを起こさないよう、ゆっくり立ちあがり、足もとに落ちる自分の影を見つめた。

「会ったら、話さなきゃいけないでしょ。わたしにとっては、お母さんの口にする言葉すべてが言い訳になる。なにも聞きたくない。言い訳なんかさせない。わざわざ弁解の機会なんて与えない。わたしは絶対にいやだ。ひとことだって言わせたくない。もし聞いてしまったら」

ひと息にまくしたてて、口を閉じる。息を吐いて、ふたたび口を開いた。

「……もし聞いてしまったら、きっと、妥協しなくちゃいけなくなる」

わたしのなかで、折り合いをつけてしまう。それがいやだった。そのほうが楽だったとしても。

「喜夫おじさんも、百合丘さんも……お母さんの話をするけど、そのたびに『お母さんにもいろいろあったんだ』って言われてる気がする。だからちょっとくらい許してやれよって。でも、わたしは一歩も譲歩したくない。だって、いまがどうなったって、お母さんを許せたって、あのときの、卒業式のあの日のわたしがいなくなるわけじゃない」

はっきりと言葉にして、ようやく『そうか』と思った。ずっとそう思っていたんだ。

卒業式のあの日、家に帰ったわたしを待っていたのは書き置き一枚だった。ただそれだけが事実だ。あのときの衝撃を打ち砕いてくれるものは、どこにもない。事実は消えないからだ。わたしはどこにも行けない。あのときのわたしの気持ちは、どこにも逃げられずに、ずっとあの場所にいる。

仁木くんは、わたしの言葉を黙って聞いていた。言い終わると、かすかにうなずいた。

「わかった。茜ちゃんはどこかで待ってて。俺は行ってくる」

わたしが譲れないように、仁木くんも自分で決めたことを譲れない。わたしと仁木くんの拒絶のしかたは、正反対のようでいて、たぶんおなじだ。

「わかった」とわたしも答えて、道路の向かいに見える喫茶店を指さした。「あの店にいるから」

仁木くんは足早に歩いていった。わたしは道を戻り、喫茶店に入る。外壁を蔦《つた》が這《は》う、古いが雰囲気のある店だった。なかは薄暗い。こぢんまりした店内にはぽつぽつと客がいた。ひとりなのでテーブル席よりカウンターのほうがいいだろうか、と思ったが、気怠《けだる》げな若い女性店員に「お好きな席にどうぞー」と言われたのでいちばん奥のテーブル席を選んだ。カウンターは店主との距離が近すぎる。

食欲はなかったが、長居しそうなのでコーヒーとフレンチトーストを頼んだ。しばらくすると、バターの焼ける甘いにおいがただよってきた。するとたんに口のなかに唾液《だえき》が湧いてくるのだからげんきんなものだ。店主は物静かな六十代くらいの男性で、慣れた手つきでフライパンを扱っている。女性店員も黙々とフォークやナイフを用意している。やけに静かだと感じたのは、彼らがひっそりとしているからではなく、店内になんのＢＧＭも流れていないからだと気づいた。客もひとり客ばかりなので、おしゃべりをしているひともいない。静かだ。じゅうじゅうとフレンチトーストの焼ける音が響く。

運ばれてきたフレンチトーストにはこんがりと焦げ目がついていて、上にのせられたバターがとろりと溶けかかっていた。メープルシロップもかけられている。ものすごく甘そうだな、と思ったが、食べてみるとふんわりと軽い口当たりで、しつこくない。フレンチトーストってこんなにふわふわだったっけ？　と思った。無心で食べた。母のことも頭から抜け落ちていた。

時間をかけて食べるつもりが、あっというまに皿からなくなっていた。おいしいものの力というのは、すごい。女性店員が皿をかたづけにくる。彼女はお盆に皿をのせながら、わたしの顔を眺めた。ちらり、というのではなく、じっくりと。初対面でこれほどまじまじと見てくるひともめずらしいのではないだろうか。なんだろう。

「九重さんの娘さんとかですか？」

と、だしぬけに訊かれた。ぽかんとするしかない。

「……あの……、どういう意味ですか」

「あ、すみません。違います？　そっくりなんで、そうかなって思って。九重さんて、うちによく来てたお客さんなんですけど」

背筋がぞわっとした。考えてみたら、もし母がこのあたりにほんとうに住んでいたら、ここは生活圏なわけで、常連客になっていてもおかしくない。まさか鉢合わせしたりしないだろうな、と青くなって腰を浮かせた。が、思いとどまる。店員の言葉がひっかかったからだ。

「『よく来てた』って、いまは来てないんですか？」

「もう引っ越しちゃったんで」

「えっ、どこに？　いつ？」

思わず立ちあがってしまった。店員はびくっとあとずさる。

「どこかは知りませんけど……引っ越しはたぶん先月」

「先月……」

そうか、もうこのあたりにはいないのか。気が抜けて、腰をおろした。

「やっぱり、娘さんですか？」

店員の目が好奇心に輝いている。

「いえ、違います」とわたしは目をそらした。どういうひとだったか、ともうすこしで訊いてしまいそうだった。

携帯電話を出して仁木くんにメッセージを送る。引っ越したことを伝えねば。店員はわたしが携帯をいじりだしたので、カウンターのほうに引っ込んだ。

仁木くんはものの五分ほどでやってきた。走ってきたらしく、肩で息をしている。店員が運んできた水をあおり、彼はアイスコーヒーを頼んだ。暑そうにコートを脱いで脇に丸めて置く。

「なにか食べる？　フレンチトーストおいしかったよ」

「いらない……」

仁木くんは意気消沈していた。テーブルに突っ伏す。

「なんだよ引っ越したって……」

「ここの常連だったみたい」

仁木くんは体を起こした。アイスコーヒーを持ってきた店員に、「九重さんてお客のことなんですけど」と話しかけた。「はあ」と店員は気怠げに答えつつも、興味津々の目をしている。

「ひとりで来てました？　それとも連れがいましたか」

「ひとりでしたよ、いつも」

「ひとり暮らしかどうかとかは」

「えぇー、さすがにそんなことまで訊かないんで」

「家族いそうな雰囲気でしたか？」

店員は首をかしげて、くるりと天井に目を向ける。

「んー、いるっぽい感じはなかったかなあ。わかんないけど。——なんの調査？　探偵？」

「いや、全然。仕事の邪魔してすみません」

質問を切りあげ、仁木くんはアイスコーヒーにストローをさす。店員は消化不良の顔で戻っていった。

「ひとりなのかな」

アイスコーヒーをひとくち飲んで、仁木くんはぽつりとつぶやく。わたしは「さあ」とだけ返した。

仁木くんはつまらなそうにストローでアイスコーヒーをかきまわす。氷が音を立てる。

「酒が飲みたい」

「飲めば？」

「ここのメニューにないじゃん」

「そりゃここ喫茶店だもん」

はあ、と仁木くんはため息をついてアイスコーヒーをすすった。

「……たこ焼きでも食べる？　どっかにあるんじゃない」

「肉まんがいい」

「じゃあ、それとお酒買って帰ろうよ」

わたしが言うと、仁木くんはつとストローから口を離した。

「そっか、帰るんだ」

いま気づいた、という顔をしていた。

「帰るよ」

アイスコーヒーに山ほど入れられた氷が、グラスにあたって軽やかな音を立てた。仁木くんはグラスを眺める。

「うん」

とだけ、仁木くんは言った。口もとにほのかな笑みが浮かんでいる。その笑みは、ふしぎとどこか満足そうで、どこか照れくさそうでもあった。

店を出ると、見事な夕焼け空になっていた。ビルが茜色に染まっている。まぶしくて目を細めた。なんとなく、母はこの街でわたしを産んだのではないだろうか、と思った。ほんとのところは一生、知ることはないだろうけれど。

結局肉まんは買わずに、つまみと缶ビールを駅の売店で買いこんで電車に乗った。ビールに口をつけて、「短い旅だったなあ」と仁木くんは言った。わたしはサラミの袋を開けてひとつつまむ。ビールはわたしのぶんもあった。

「カーテン閉める?」

窓際に座る仁木くんが車窓を見やる。夕陽がさしこんでいる。

「わたしはべつに。すぐ暗くなるでしょ」

「だね」

わたしは缶ビールの蓋を開けると、座席にもたれた。車窓に目を向けて、無言でビールを飲む。空の色は眺めているあいだに変わっていった。茜色が徐々に淡くなり、天頂のほうからすみれ色の帳《とばり》がおりる。金色に燃えていた雲も薄藍に沈み、街が翳に覆われてゆく。

変わらなくてはならないのだろうか、と思った。頑なさを脱ぎ捨てて、やわらかい心で母を許せば、わたしは楽になるのだろうか。なるのかもしれない。でも、わたしはいやだ。母のために、わたしのなかのなにひとつだって、変えたくない。

わたしと母の線は、一生交わらなくていい。

「帰るころにはまっくらだね」仁木くんも空を眺めている。「千代子さん、待ってるかな」

「そうだね」

大阪に行ったことは、黙っていたほうがいいだろうか。それとも、母が引っ越していたことを、告げたほうがいいだろうか。電車が駅に着くまでそんなことをぐるぐる考えていたのだが、帰宅して台所から顔を出した千代子さんは開口一番、

「おかえり。手を洗ってきなさい」

それだけ言って、また台所に引っ込んだ。

手洗い場で仁木くんとともに手を洗い、戻ってくると、クリームシチューのにおいがした。台所をのぞくと、千代子さんが鍋をかき混ぜている。

「すっかり冷めてしまったわ。あたため直してるから、待ってなさい」

千代子さんはこちらをふり向きもせずに言った。わたしは炊飯器に目を向ける。昼間炊いた小豆飯とは合わないだろうに。クリームシチュー。

このにおいを嗅ぐといつも、日暮れどきの空が思い浮かぶ。息苦しいような、かなしいような、そんな気分になる。乳白色と茜色が混じり合う。

「大阪に行ってきたよ」

千代子さんの背中に向かって、声をかけた。千代子さんは手をとめたが、なにも言わず、ふり返らず、ふたたび手を動かす。

「お母さん、いなかった。引っ越したみたい」

千代子さんはコンロの火をとめ、ふり返った。

「ぼうっと立ってないで、お皿を出しなさい。スプーンも」

仁木くんが動いた。戸棚からシチュー皿とお茶碗をとりだす。わたしもスプーンを用意した。千代子さんがシチューをよそい、仁木くんが小豆飯をよそう。わたしはそれを食堂に運ぶ。昼ご飯の残りの南瓜の直煮と、ぬか漬けもあった。やはりクリームシチューに合わない。

「いただきます」

手を合わせてスプーンをとる。喫茶店でフレンチトーストを平らげ、電車で缶ビールを開け、サラミだのチーズだのを食べたわりには、食が進んだ。シチューはなめらかで、濃厚で、懐かしい。

「わかってるのよ、わたしも」

ふいに千代子さんが言った。食事中に千代子さんから口を開くのは、めずらしい。

「あの子が調子のいいこと書いて、わたしにお金をせびってるだけだってことは……。でも、ほうっておけないのよ。あの子がかわいいからとか、大事だからとか、そういうことじゃあないのよ。ただの罪滅ぼし」

「罪滅ぼし……？」

「養子にするなら男の子がよくてね。そう頼んでたけど、結局あの子になった。あの子はそういういきさつを知ってたから、わたしたちは最初からだめだった。あの子は反抗的だし、わたしは厳しくしつけようとしたし……なんとかうまくやっていこうとしたけれど、やっぱり、わたしはあの子を好きにはなれなかった」

わたしはスプーンを持つ手がすっかりとまっていた。この話をわたしは聞いてはいけない気がするし、聞かなくてはならない気もする。

「景子には自省も自制もないのよ。そこがあんたとは正反対なところね。なまじ美しいから、わがままがとおってしまう。自分でもそれをよくわかってる。ほんの小さな子供のころから、あの子はそうだった。そういうところがね……」

千代子さんは眉をよせた。

「あの子はわたしを小馬鹿にしてた。わたしは美しくなかったからね。そんなことはわたしがよおく知ってる。子供のころからさんざん、親に馬鹿にされてきたんだから。なんでこんなに不器量なんだろう、嫁のもらい手がないって。だからわたしは嫁に行かなかったのに、なんで嫁《とつ》ごうとしないんだ、なんて叱るんだから、あのひとたちは……」

千代子さんの口吻《こうふん》には、泥に沈み込むような憎しみがあった。暗く冷たい泥だ。わたしは仏間にある、千代子さんの両親の遺影を思い浮かべようとした。その顔はぼんやりとして、よく思い出せない。千代子さんがお盆に彼らをすすんで迎え入れようとしない理由をいま知った。

「あんたみたいに、きちんとしたいい子に育ってくれたらよかったのに。あの子はだめだった。どうしつけようとしても、だめだったわ。わたしの手には負えなかった。あの顔で小馬鹿にしたように笑われると、憎たらしくって。もちろん、養子にもらったからには、不自由はさせなかったつもりよ。でもねえ、もとはと言えば、兄がこの家を捨てたのがはじまりでしょう？　養子を出すくらい、当然の責務じゃないかしら。それを出し渋って、自分たちが持て余した子を寄越すんだからねえ……。それを思うとね、あの子はかわいそうな子なのよ。わたしも厳しくしすぎたところがあったし。だから、どうもね、うしろめたいところがあるの。手紙もねえ、あの反抗的な子が、あんな機嫌をとるようなことを書いてくるものだからね、ほかに頼るひとが誰もいないのかしらって、かわいそうになってね。突き放せないでしょう。でも、それもあの子のためにはならないかしらね。いっときはね、あの子にこの家を遺してやろうかしら、とも思ったのよ。でも、あんたが戻ってきたしね。それはやめにするわ、ええ」

長々と、千代子さんはわたしに言い訳をしているのだった。わたしの機嫌をとっている。

どうしてか、むしょうに胸が苦しくなって、唇を嚙んだ。スプーンを動かせない。『きちんとしたいい子』だなんて、千代子さんはいままでわたしに言ったことはなかった。

千代子さんはずるい。母を突き放せないくせに、わたしにすがろうとする。

でも、じゃあ、それを非難してわたしは千代子さんを突き放せるのか。できないだろう。これまでずっとそうだった。クリームシチューが何度もわたしの心を引き戻してきたように、千代子さんと母のあいだにも、きっとそういうものがある。だから千代子さんは、母を見捨てられない。

切り離したくても、切り離せない。情も嫌悪も思い出も、長い年月をかけて、織り目のように入り組んでいる。ほどけないし、裁ち切れない。

台所でひとり、黙々とクリームシチューを作る千代子さんのうしろ姿が目に浮かぶ。千代子さんには、そうすることしかできないのだ。いつ帰省するとも知れないわたしのために茗荷の甘酢漬けを作り、わたしが二日酔いになれば梅干しの料理を作り、クリームシチューをわたしの好物と信じて作りつづける。

千代子さんをずるいと非難するなら、わたしもずるい。おじさんの指示でいやいや戻ってきたくせに、愛情だけは求めている。卑怯なのはわたしだ。

スプーンを口に運ぶ。シチューはぬるくなっていた。バターの脂はしつこく、重い。それでもこの味以上に、舌に残りつづけるものはない。これまでも、これからも。

「おいしい」とつぶやくと、千代子さんはこわばっていた頬をゆるめた。力の抜けたその顔に、ふと、はじめて千代子さんの心の輪郭に触れたような気がした。

はじめて、ということに愕然とした。わたしは、このひとを知ろうとしたことがあっただろうか。仁木くんが暮らしに加わるまで、知らなかったことはたくさんある。それだけ、なにも見ず、大事にしてこなかったのだ。相手を大事にしたいなら、相手をよく知ろうとするはずだ。わたしはそれをしなかった。

わたしはずっと、目を閉じて生きてきたのだろうか。母を許したくないあまりに、ほかのすべてに心を許さず、蔑《ないがし》ろにしていた。誰のことも見ていなかった。

吐息が洩れた。意味のわからない笑みが浮かぶ。うれしさでもなければ喜びでもない。ただ力の抜けた笑いだ。でも、シチューを口に入れるたび、すこしずつ染みこんでくるものがある。いままで知らなかったものが、すこしずつ。

今度、このシチューの作りかたを訊いてみよう、と思った。

師走の風は冷たい。職場のビルから出たとたん、その風が正面から吹きつけてきて、わたしはマフラーに口もとをうずめた。空の端はまだほんのり淡いすみれ色を残しているが、あたりは藍色が深い。足早に歩いていると、うしろから「茜ちゃん」と耳慣れた声がした。仁木くんだ。駆けよってくる。

「寒いねえ」仁木くんは肩をすくめて体を揺する。あたたかそうなマフラーをぐるぐる巻いていた。

「大学からの帰り?」

「そう。卒論提出してきた」

仁木くんは晴れやかな顔をしている。卒論が完成するまでの一週間あまりはろくに部屋からも出てこず、出てきたと思ったら幽霊みたいな顔をしていた。千代子さんが心配してあれこれ世話を焼かなかったら、倒れていたのではないだろうか。

「卒論ができたお祝いに、千代子さんが赤飯炊くってはりきってたよ」

「まだ提出しただけだからなあ」と仁木くんは言うが、うれしそうだった。

わたしは彼の横顔を眺める。大阪から帰ってきたあと、仁木くんは父親についてなにも言わない。その顔に鬱屈《うっくつ》した翳はすこしもうかがえなかった。

「そうだ、これ」

仁木くんはバッグをあさって、封筒をとりだした。

「写真。プリントしてきた」

「写真って……」

街灯や店舗の明かりがあるので、渡された数枚の写真になにが写っているかは見える。わたしの写真だ。花見のときのものやら、料理中のものやら、神社の鳥居をくぐろうとしているときのものやら……仁木くんが撮っていたものだ。覚えている。

「そっちは茜ちゃんので、こっちは千代子さんね。ふたりともあんまり撮らせてくれなかったから、すくないけど」

「千代子さんはともかく、わたしはいらないのに」

「まあそう言わず。よく撮れてるでしょ」

わたしは立ち止まり、街灯の明かりで写真を眺めた。わたしってこんな顔をしていたっけ、と妙な心地になった。

「どこか変？」

「ううん……」

ああ、そうか、と気づいた。わたしは記憶にある母の顔を、自分の顔に重ね合わせていたのだ。頭のなかで、わたしの顔は母と同一だった。

母に似たくない、似たくないと念じながら、わたしは自分に母のまぼろしをかぶせていた。

こうして写真を見ると、やはり母によく似てはいるけれど、おなじではない。あたりまえか。

ふ、と息をついた。心のどこかの力が抜けた。こういう呪いの解きかたもあるのだな、と思った。

「ありがとう」

礼を言って、わたしは写真を自分のバッグに丁寧に入れた。こういう態度の軟化に、仁木くんはめざとい。

「もっと撮ってもよかった？　これから撮ろうかな」

「わたしはいいよ、もう。千代子さんか、自分を撮りなよ」

「自分の写真がないのは撮る側の宿命だよね」

「撮ってあげようか？」

「西ちゃん、写真撮るの下手そう」

「ちょっと」

仁木くんは笑う。その顔を眺めて、「大阪のことは、もういいの？」と訊いた。父親、という言葉は口にしづらくて、大阪、と言った。

「まあね」仁木くんは笑った目のまま答える。

「さがしようがないから、いまのところ」

「お母さんからまた手紙が来るかも」

「そうだね」

仁木くんの目は、歩道に落ちた街灯の明かりに向けられる。しらじらとした光は月のようだった。

「そのときは、またさがしに行くんだろうなあ」

ひとごとのように言って、仁木くんはすこし笑った。その声音には、軽みがあった。彼にも解けた呪いがあるのだろうか。それでも、仁木くんは父親をさがさずにはいられないし、わたしは母に会いたくない。変えられないし、変えたくない。それだけは、どうしようもない。どうにもならない。わたしも、仁木くんも、千代子さんも。

でも、呪いは解けていいはずだ。

「手伝うくらいなら、してあげるけど」

そう言うと、仁木くんは目を上げてわたしを見た。「見つけても、わたしは会わないけどね」と付け足す。

「ありがとう」

仁木くんの目がやわらかく細められた。

「まだなにもしてないよ」

「はは、そういうの茜ちゃんらしいね」

たたいていた。

寒風が吹き抜ける。マフラーを押さえて空を見あげると、風に洗われた星が清らかにま

九重家の雑煮は、白味噌仕立てだ。半月切りにした大根に、焼き豆腐、真菜《まな》、里芋、そしてもちろん、お餅が入っている。最後に花鰹をのせると、湯気にゆらゆらと踊る。神棚と仏壇に燈明《とうみょう》をともし、それぞれに雑煮を供えた。

鏡餅は歳徳神《としとくじん》にはじまり神棚と仏壇、竈の荒神《こうじん》、稲荷、恵比寿などにお供えするので、おおわらわだ。昔はもっとたくさんの神様に供えたらしい。神様を祀りすぎではないだろうか。

お節を詰める組重は豪華で、黒漆に宝尽くしや鶴亀の蒔絵がほどこされている。詰める料理は酢牛蒡《すごぼう》、数の子、煮豆、田作など、器の豪華さに比べていたって地味だった。

冬の朝の台所は、底冷えがする。仁木くんは「寒い、寒い」と足踏みして、「居間のこたつで食べようよ」と訴えた。千代子さんもさすがにこの寒さがこたえるのか、「そうねえ」とうなずいた。

組重と雑煮を居間に運んで、こたつに足を入れる。まだあたたまってなかったけれど、台所よりずっとましだ。雑煮に口をつけると、お腹があたたかくなる。白味噌なのでほんのり甘い。ほどよく焦げ目のついたお餅は香ばしさもあり、やわらかくよく伸びた。仁木くんは「あったまるなあ」などと言って、お屠蘇《とそ》をおいしそうに飲んでいる。千代子さん

はお節に箸を伸ばしていた。

「食べ終わったら、初詣に行くわよ」

千代子さんが提案……ではなく、決定事項を告げる。

「寒いだろうなあ」と仁木くんは気乗りしないふうに背を丸める。こたつから離れたくない、と態度が示している。

「歩いてるうちにあったまるんじゃない?」

わたしが言うと、

「あったまるまで、寒いじゃん」

とあたりまえのようなことを言う。

「お詣《まい》りのあと、白酒とみかんがもらえるのよ」

千代子さんの言葉には心惹《ひ》かれたらしい。仁木くんは「白酒かあ」と笑みを浮かべた。

「いいね」

雑煮を食べ終えて外に出ると、もったりと重そうな雲が垂れこめていた。いまにも雪がちらついてきそうだ。

「寒い」と仁木くんは震えている。ダッフルコートの首元にマフラーをぐるぐる巻いて、ニットの帽子をかぶり、手袋をするという完全防備なのだが。

「今日は風がないから、まだましな気がするけど」

「いや寒いよ。茜ちゃん、薄着すぎない? 見てるほうが寒い」

「コート着てるしマフラーもしてるでしょうが。仁木くん、肌着が悪いんじゃない？」

「そうそう、防寒はね、下に重ねるのが大事なのよ」

千代子さんが鍵をかけながら言った。「上にいくら重ねてもだめ。寒いならシャツやセーターの下に何枚か重ね着しなさい」

「下かあ。ごろごろするのがいやで薄いの一枚しか着てないや」

「それでしょ」

「出かける前に言ってほしい」

千代子さんが笑った。玄関の両脇に門松があり、仁木くんが「あとでさ、ここで写真撮ろうよ」と言う。「ええ……」と気のすすまない声が千代子さんとかぶった。めんどくさい。でも、どうせ仁木くんに押し切られる気がする。最近気づいたけれど、わたしと千代子さんは基本的に押しに弱いところが似ている。

歩くと白い息がうしろに流れてゆく。空気の冷たさに鼻がつんとしてきた。仁木くんは体をあたためるために、腕を回したり体をひねったりしている。背を反らした仁木くんは、「あ」と声をあげた。

「雪だ」

つられて上を向くと、頬にひやっとした粒があたった。小さな雪片が頼りなげに空から降ってくる。なんとなく三人で足をとめ、ちらつく雪を見あげていた。

「千代子さん、俺さあ、春からもあの家で暮らしてもいい？　だめ？」

仁木くんがそんなことを言いだした。

「いいわよ」

あっけなく千代子さんは許可する。やった、と仁木くんは喜んでいる。

「ちょっと、なんでわたしには訊かないの」

「だって家主は千代子さんだろ」

「わたしも住人なんだけど」

「それで許可がいるって言うんならさ、茜ちゃんがなにかするときも俺の許可が必要ってことにならない？」

「なら……ないでしょ、なに言ってんの」

「じゃあ茜ちゃんの許可もいらないってことだよ」

「屁理屈が好きだね」

「茜ちゃんの真似してたら移っちゃったかな」

ニット帽とマフラーを剝ぎ取ってやろうかと思った。実際、手を伸ばしたのだが仁木くんがさっと避けた。

「あんたたちは、子供みたいねえ」

千代子さんがあきれたように言って、歩きだした。

「恥ずかしいから、神社でそういうケンカはしないでちょうだいね」

「しないよ、馬鹿馬鹿しい」

「茜ちゃんは怒りっぽいからなあ」

仁木くんをにらむ。

「だいたい、なんでうちに住みつづけようとするの？　会社の近くに住んだほうがいいでしょうに」

「居心地いいんだよね、あの家」

「寒い寒いってうるさいくせに」

「でもこたつあるし」

「こたつを背負って生活はできないんだからね」

仁木くんは軽やかに笑った。

「まあ、寒いのが古い家の醍醐《だいご》味《み》みたいなとこあるからさ、そこは我慢だよね。それにやっぱりご飯がおいしいからなあ。――千代子さん、帰ったらお餅焼こうよ。俺、磯辺《いそべ》焼きが食べたい」

「わたしはきなこのほうがいい」

「どっちもやろうよ」

「両方やると、食べすぎるわよ。太っても知りませんからね」

「ああ、甘いのとしょっぱいのと両方あると危険だよね」

「わたしはきなこだけでいい」

「じゃあ俺は両方」

それから餅はなにをつけて食べるのがいちばんおいしいか、という話題に移る。しょっぱいのがいいのか、甘いのがいいのか。どうでもいい話ばかりしながら歩いた。雪はちらちらと舞うばかりで、降りしきる気配はない。ときおりまつげにあたって、溶けてゆく。マフラーの端にくっついた雪片が結晶の形をしていたけれど、すぐに溶けて消えてしまった。

「新年初の雪だね」

雪を眺めていたら仁木くんが言った。

「御降《おさがり》とも言うんだよね」

「おさがり?」

「元日に降る雨とか雪とかをそう言うんだよ。神様が天からくだるときには雨をともなうものだから。これがあると富正月《とみしょうがつ》って言ってさ、吉兆なんだ」

吉兆か、と手を伸ばす。雪は肌に触れるはしから、溶けていった。

「じゃあ、いま神様がおりてきてるんだね」

九重家には、たくさんの神様が祀られている。神様たちの住まいだから、人間は居つかないのかもね、と言ったことがあった。でも、わたしはあの家に帰ってきたし、仁木くんも居ついている。千代子さんもいる。寄せ集めのような、奇妙な三人ではあるけれど。

「……お餅はやっぱり、ぜんざいで食べるのがいちばんおいしい気がする」

「ぜんざいかあ。たしかに」

「うちは冬のあいだ、しょっちゅうぜんざい作ってたよね」

「そうよ。あんたよく食べるから。甘さはひかえめにして」

「そういえば、お店とかのよりあっさりしてたね。おかわりしてたの覚えてる」

指先が冷えてきて、握ったり開いたりしながら息を吹きかけた。白い息がほどけて溶ける。あたりに舞う雪の粒が、すこしずつ大きくなっている気がする。

「ぜんざいが食べたくなってきた」

「ええ？　今日はきなこ餅と磯辺焼きだろ」

「ぜんざいなんてすぐにはできないわよ。小豆をひと晩水に浸けないと」

「あ、そっか」

「だから明日ね」

「うん、明日」

並んで歩く三人の影に、雪が落ちて水玉模様を作っていた。

参考文献

『年中行事大辞典』加藤友康・高埜利彦・長沢利明・山田邦明編／吉川弘文館
『日本民俗語大辞典』石上堅／桜楓社
『年中行事覚書』柳田國男／講談社学術文庫
『風土記』吉野裕訳／平凡社
『松阪市史　第十巻　史料篇　民俗』松阪市史編さん委員会編著／蒼人社
『松阪市史　第十二巻　史料篇　近世(二)経済』松阪市史編さん委員会編著／蒼人社

本書は書き下ろしです。

この物語はフィクションです。実在の人物・団体とは一切関係ありません。

〈著者紹介〉

白川紺子（しらかわ・こうこ）

三重県出身。同志社大学文学部卒。雑誌「Cobalt」短編小説新人賞に入選の後、2012年度ロマン大賞受賞。主な著書に『三日月邸花図鑑　花の城のアリス』（講談社タイガ）、「下鴨アンティーク」「契約結婚はじめました。」「後宮の烏」シリーズ（集英社オレンジ文庫）、『夜葬師と霧の侯爵』（集英社コバルト文庫）などの著書がある。

九《ここの》重《え》家《け》献《こん》立《だて》暦《ごよみ》

2020年10月15日　第1刷発行　　定価はカバーに表示してあります

著者……………………………白《しら》川《かわ》紺《こう》子《こ》

発行者…………………………渡瀬昌彦

発行所…………………………株式会社 講談社

〒112-8001 東京都文京区音羽2-12-21

編集03-5395-3510

販売03-5395-5817

業務03-5395-3615

本文データ制作……………講談社デジタル製作

印刷……………………………豊国印刷株式会社

製本……………………………株式会社国宝社

カバー印刷……………………株式会社新藤慶昌堂

装丁フォーマット…………ムシカゴグラフィクス

本文フォーマット…………next door design

ISBN978-4-06-521233-2　N.D.C.913　234p　15cm

講談社タイガ

白川紺子

三日月邸花図鑑

花の城のアリス

イラスト
ねこ助

「庭には誰も立ち入らないこと」——光一《こういち》の亡父が遺した言葉だ。広大な大名庭園『望城園』を敷地内に持つ、江戸時代に藩主の別邸として使われた三日月邸。光一はそこで探偵事務所を開業した。

ある日、事務所を訪れた不思議な少女・咲《さき》は『半分この約束』の謎を解いてほしいと依頼する。彼女に連れられ庭に踏み入った光一は、植物の名を冠した人々と、存在するはずのない城を見る。

講談社
タイガ

木犀あこ

ホテル・ウィンチェスターと444人の亡霊

イラスト
北村みなみ

歴史ある老舗ホテル・ウィンチェスター。ここには444の亡霊が棲みついている。コンシェルジュとして働く勤続十年目の友納は、ありえないトラブルに振り回されながら今日も最高のおもてなしのために奔走する！　血の降る部屋、怪奇現象が頻発する呪われたフロア、五十三年前の火災事故――の謎。〈死者の祭り〉ハロウィーンに現れる怪物とホテルの関係に隠された切ない秘密とは？

講談社タイガ

凪良ゆう

神さまのビオトープ

イラスト
東久世

うる波《は》は、事故死した夫「鹿野《かの》くん」の幽霊と一緒に暮らしている。彼の存在は秘密にしていたが、大学の後輩で恋人どうしの佐々《ささ》と千花《ちか》に知られてしまう。うる波が事実を打ち明けて程なく佐々は不審な死を遂げる。遺された千花が秘匿するある事情とは？機械の親友を持つ少年、小さな子どもを一途に愛する青年など、密やかな愛情がこぼれ落ちる瞬間をとらえた四編の救済の物語。